鬼の大江戸ふしぎ帖
鬼が見える

和田はつ子

宝島社
文庫

宝島社

目次

鬼の大江戸ふしぎ帖

鬼が見える

第一話　鬼が見える

一

南町奉行所定町廻り同心《みなみまちぶぎょうしょじょうまちまわりどうしん》の渡辺源時《わたなべげんとき》は西紺屋町《にしこんやちょう》にある、生家《せいか》の唐物屋海老屋《からものやえびや》の仏間《ぶつま》にいた。

目を閉じて、線香の煙の中で手を合わせている。仏壇には、半年前、急な卒中《そっちゅう》で他界した祖父八兵衛《はちべえ》の真新しい位牌《いはい》が鎮座している。

――祖父《じい》ちゃん、助けてくれよ――

源時の心は泣きべそをかいていた。

「源時――」

海老屋二兵衛《にへえ》が仏間に入ってきた。

「おっかさんがやっと眠ってくれたよ」

二兵衛と内儀《ないぎ》の六江《むつえ》は源時の両親《ふたおや》である。

「こんな時、おまえが同心をしてくれていて、これほど心強いことはない」

海老屋の跡継ぎだった源時が、祖父の買ってくれた同心株で、奉行所勤めになってから一年が過ぎている。

「お福《ふく》のことを、お上《かみ》にお話しするかどうかなのだが――」

この日、源時が呼びつけられて生家を訪れてみると、昨日の夕刻近く、三味線《しゃみせん》の稽古《けいこ》帰りの妹お福が拐《かどわ》かされたと知らされたのである。

聞かされた時、源時は全身が硬直した。そして咄嗟《とっさ》に頭に浮かんだのは、幼い頃、手鞠《てまり》や羽根《はね》突《つ》きで遊んだお福との思い出だった。幼子《おさなご》のお福はぽちゃぽちゃしていて、何とも愛らしく可愛かった。

――お福を嫁にしてやるなんてことも言ったな、まだ、俺《おれ》も八歳くらいだったから――

このところ、市中で若い娘たちが攫《さら》われるという事件が立て続けに起きている。すぐに、子どもの頃のことを思い出すのは不吉だと気づいて、今の娘盛りのお福の顔を想い浮かべた。

十七歳になるお福は、もはや、ふくよかすぎず、ぱっちりとした黒目がちの童顔の鼻もまた、高すぎず、縁談《えんだん》が降るほど持ち込まれている。

今まで攫われた娘たちは茶屋娘《ちゃやむすめ》、長屋住まいの浪人《ろうにん》の娘、武家娘、女飴売《おんなあめう》りとさまざまだったが、今回のお福も含めて、どの娘も小町《こまち》の呼び声が高く、誰もが認める美形であった。

――とにもかくにも、生きてさえいてくれれば――

源時は必死で願った。

「死んだ者は、とりあえずは、海老屋《うちち》の菩提寺《ぼだいじ》に運び、葬《ほうむ》ってもらうことにした。お福が戻ってきた時に、在所《ざいしょ》の親兄弟に報《しら》せて、改めてねんごろに弔《とむら》ってもらうつもりだ」

二兵衛は心持ち眉《まゆ》を寄せた。

死んだ者というのは、お福の供《とも》をしていた小僧で、まだ、十四歳という若さだった。

「何で、お上に報せないのです？」

「海老屋は権現様《ごんげんさま》の頃から続く老舗《しにせ》の大店《おおだな》。お上に報せずに済んだのも、時々立ち寄る岡《おか》っ引《ぴ》きの親分衆に手厚くしてきたからだ。重々お願いして、奉行所には報せてくれるなと念を押した。お福も海老屋もほかの娘たちのところとは違う。よりによって、海老屋のお福が攫われたのは、魂胆あってのことに違いない」

「身代金《みのしろきん》を払えとでも言ってくると？」

――拐かされた四人の娘のうち、武家娘の親は七百石の旗本《はたもと》。身代金目的なら、とっくに言ってきているはずだ――

二兵衛は息子の言葉に深々と頷《うなず》いて、

「お上に報せず、身代金さえ払えば、相手が怒らず、無事お福が戻ってくると言ってやったら、昨夜は一睡もできずに取り乱していた六江も、やっと落ち着いた」

実はそれが、妻への気休めでしかないとわかっている証《あかし》に、二兵衛は虚《うつ》ろな目を源時に向けた。

「それでもやはり、お上に報せねばならぬのかな――」

二兵衛は涙を溜《た》めた目でため息をついた。

――おとっつぁんは気休めを信じたいと思いつつ、信じきれないでいる。その場に居合わせていた者たちの話では、いかつい顔の大男が白昼堂々、娘たちを頭上に担《かつ》ぎ上げて連れ去ったという――

以後、娘たちは襲われて連れ去られて後、ふっつりと消息を絶っていた。もちろん、七百石取りの旗本家にも身代金の要求はない。

「可哀想なことになった伍助《ごすけ》の亡骸《なきがら》を見せてください」

源時の言葉に二兵衛は立ち上がった。


裏庭の土蔵が開けられた。

土間《どま》に蒲団《ふとん》が敷かれ、伍助の亡骸は頭まで、すっぽりと二枚の夜着で覆われていた。

源時は夜着を取り除《の》けた。

「ひいっ」

声を出して目を覆ったのは二兵衛の方だった。

「旦那様はご覧にならない方がいいと、亡骸を引き取りにいった者が言っていたのは、こういうことだったのか――」

伍助の顔と頭は熟れた西瓜《すいか》を割った時のように潰《つぶ》れていた。

着物を脱がせると、胸に大きな拳《こぶし》の形の赤痣《あかあざ》が付いていて、痣のある場所に触れてみると肋骨《ろっこつ》が砕かれていた。

――武家娘が攫われた時にも、供をしていた目の下に大きな黒子《ほくろ》のある中間《ちゅうげん》が死んだ。これは、あの中間の殺された様《さま》とよく似ている。無残《むざん》にも相手に殴り殺されたのだ――

「おまえはこれに似た骸《むくろ》を見たことがあるのだな」

二兵衛が恐る恐る訊《き》いてきた。

「ええ。七百石の碓井《うすい》様の御息女《ごそくじょ》が攫われた時にも、この伍助と同じように中間が殺されました」

「それではやはり、六江には告げずに、お上に届けるしかないだろう」

「いや――」

「告げずにお福を取り戻す手立てがあるというのだな」

源時は、この念押しには応《こた》えず、

「御存じのように、奉行所は賄賂《わいろ》が横行しています」

「わしらは、お福のためなら、どんなことでもする」

二兵衛の目がきらっと光った。

「それでは駄目なのです。碓井様は密《ひそ》かに筆頭与力《ひっとうよりき》様とお会いになっているご様子で、御息女を見つけた者に謝礼を払うと、百両積まれたそうですが、一向に埒《らち》があきません」

「ならば、お福も碓井様の御息女と同じように――」

二兵衛は勢い込んで言った。

「おとっつぁんは碓井様より多い謝礼を払おうと考えてるのでしょうが、全くの無駄です。奉行所では、相撲《すもう》取り見習いや大道《だいどう》芸人、寄場《よせば》帰り、物乞《ものご》い等、〝大男〟に絞って、調べをしていますが、見当《けんとう》外れが続いているのですから。その上、謝礼合戦をしていては、ますます、お福は見つからないと思います」

「どうすれば見つかるのだ？」

「茶屋娘、長屋に住む浪人の娘、女飴売りについても、攫われた場所、見ていた人たちがいれば、その人たちのくわしい話が手掛かりになると思い、俺は調べています。中には、その大男を追いかけていった若者もいました。この若者は石投げが得意で、相手の頭を狙《ねら》って石を投げ続けて追いかけたのですが、頭を血みどろにしながらも娘を頭上に掲げたまま、大男は走り続けて、決して立ち止まらなかったそうです。なんとか距離を縮めたと思ったのもつかのま、大男はずんずんと、茨《いばら》の茂みへと踏み込んだので、それ以上は追えなくなってしまったということです。この茂みは、俺も確かめてきましたが、普通の者なら、全身傷だらけになります。かなり丈《たけ》が高く、棘《とげ》の太い茨の藪《やぶ》なのです」

「何だ、ほかの奉行所役人同様、おまえの調べだって、少しも役に立たないではないか」

苛立《いらだ》った二兵衛は憮然《ぶぜん》とした面持《おもも》ちになった。

「しかし、相手にも必ず隙《すき》はあります。ここは奉行所に報せず、相手に油断させるのも手かもしれません。必ず、お福をここへ連れて帰ってきます」

きっぱり言い切った源時は、この後、

「心《しん》の臓《ぞう》の弱いおっかさんのために、稀世《きよ》に薬を届けさせます」

方便とは言え、両親への心遣いを忘れなかった。

二つ年上の稀世は、源時が同心になった時、祝言《しゅうげん》を挙げた恋女房である。

医家《いか》に奉公していた稀世には医術の心得があり、八丁堀《はっちょうぼり》を南北に走る地蔵《じぞう》橋《ばし》通りの北端北島町《きたじまちょう》にある渡辺家では、主《あるじ》の留守中に限って、診療をしている。

女房の稀世が三十俵二人扶持《さんじゅっぴょうににんぶち》のつましい同心の生活を支えてくれていた。

源時は帰る前に仏間に立ち戻った。

改めて線香をあげ、手を合わせる。

——何とかしてくれよぉ、祖父ちゃん——

死んだ祖父に話しかける言葉は、両親へのものとはがらりと変わる。

源時は祖父ちゃん子だった。

なぜか両親の前では、甘えることのできない源時でも、祖父の八兵衛に対しては、思い切り、子どものように心を開くことができた。

――近所の子たちと、人並みに棒きれで侍ごっこはしたけれど、とりたてて、剣術が好きなわけじゃなかった――

自分から習いたいと言ってもいないのに、道場通いを勧めてくれたのは祖父だった。

「おまえには素質がある」

商人の倅《せがれ》のどこにそんな素質があるのか、と言い返さなかったのは、この祖父が大好きだったからである。

祖父を失望させたくなくて、源時は真剣に剣術に取り組んだ。その結果、ことのほか上達し、道場破りと対決して、勝利をおさめるまでになった。

剣術に優れた唐物屋になるのかと、将来に得心《とくしん》のゆかないものを、もやもやと感じ始めていた時、

「同心株を買ってやる。同心になって、この世の悪を糺《ただ》すのだ。海老屋はお福に婿を取らせれば済むことだ」

また、八兵衛が道を開いてくれた。

ちょうどその頃、源時は稀世への想いを募《つの》らせていたこともあって、一も二もなく、自分の行く道を決めた。

大店の海老屋の跡取りともなれば、見合った相手を嫁にしなければならず、医家の奉公人だった稀世との祝言など、両親が許してくれるはずもなかったからである。

二

早くに両親と死に別れ、親戚《しんせき》を盥回《たらいまわ》しにされて育った稀世との縁を、二兵衛や六江は喜ばなかった。源時は婚礼を、稀世と二人で近くの神社に出向いて手を合わせて済まそうとしたが、八兵衛の取りなしで、ささやかではあったが、馴染《なじ》みの料理屋で宴《うたげ》が催された。

「女を何もなしで嫁にするのは酷《こく》というもんだ。何せ、祝言は女の一世一代の晴れ姿なんだから」

八兵衛が用意させた花嫁衣装を身に着《つ》けた稀世は天女のように美しく、恥ずかしげに頬《ほお》を染めた様子はことのほか初々《ういうい》しかった。

――まさか、稀世の花嫁姿が見られるとは思ってもいなかった。あれも祖父ちゃんのおかげだった――

源時はじっと祖父の位牌を見据えた。位牌には浄善院光誉《じょうぜんいんこうよ》八居士《はちこじ》と立派な戒名《かいみょう》が書かれていた。位牌は仏壇の黒い木目を背に置かれている。源時はそのあたりを見つめた。その場所こそ、祖父の魂が帰ってくるところのような気がする。

――祖父ちゃんだって、お福の花嫁姿を見られなかったのは心残りだろ？　俺が同心になってしまったんで、お福は婿を取る跡継ぎ娘でこの店の行く末もかかってるんだから。どこにお福たちが囚《とら》われてるのか、あの世から出てきて、教えておくれよ、祖父ちゃん。あの世とやらに行けば、この世のことは何でも見通《みとお》せる、だから、死ぬのはちっとも怖くないんだっていうのが、祖父ちゃんの口癖だったはずだよ。何とか頼むよ、祖父ちゃん――

なおも源時は手を合わせ続けたが、仏間はしんと静まり返り、線香の煙だけがゆらゆらと揺れていた。

海老屋を出て八丁堀の役宅へと向かった。

すでに夕暮れが近く、師走《しわす》も半ばとあって、空からは、雪が舞い落ちている。

「お願《ね》げえです、お願げえです、旦那様、どうか、どうか、お恵みを——」

二間《にけん》（約三・六メートル）ほど先の地べたに女の物乞いと、三歳くらいの男の子が座っている。

掛け取りに駆け回っている商家《しょうか》の奉公人たちが、ひっきりなしに子連れの女物乞いのそばを通る。そのたびに、

「お願げえです。この子にはもう丸二日、水しか飲ませてないんです。このままでは飢え死《じ》んじまいます。だから、どうか、どうか——」

母親の物乞いは通りすがる男たちの袖《そで》を摑《つか》んだが、

「悪いがこっちも忙しい」

「それどころじゃない」

「たとえ暇でも、子連れ女と遊ぶ気はないね」

一瞬の間に袖は振り払われた。

——酷《ひど》い様子だ——

源時は懐《ふところ》の財布から二朱金《にしゅきん》を取り出して握りしめた。

女物乞いに袖を摑まれて立ち止まる。

「役立ててくれ」

二朱金を差し出そうとして、物乞い親子の煤《すす》けた顔をそこで初めて見た。

――これは――

源時は我が目を疑った。

目の前の二つの顔は人ではなかった。口が耳まで裂け、長い牙《きば》が生えている。

毛深いせいで顔が黒く見える。ごろりとした大きな黄色い目には馴染《なじ》みがあった。

猫の目に似ている。

――まるで猫鬼《ねこおに》だ――

「おまえは、し、してんのうだな」

女物乞いが恨みの籠《こ》もった声を出すと、

「おっかあ、怖い」

男の子が母親にしがみつく。

――どうかしている――

源時は強く自分の目をこすった。

――いかん。このところ、根《こん》つめて、娘攫いの手掛かりを摑もうと、朝早くから夜遅くまで、市中を飛び回っていて、これといった成果がない上に、お福まで攫われてしまい、一気に気力が萎《な》えてしまったのか？　草紙《ぞうし》でしか見たことがない、この世にいるはずもない猫鬼の幻が、人の顔に重なるとは何とも情けない――


物乞い親子の姿をもう一度確かめようと、再度源時は目をこすった。

この時、チャリンと、女物乞いの手から二朱金が落ちる音が聞こえた。そして、そちらを見た途端、瞬時にして、二人の姿は消えてしまっていたのである。

――ったく、どうかしている――

源時は深々とため息をついて、

――おそらく、腰の十手《じって》を見て物乞い親子は驚いたのだろう。気の毒なことをした。だが、いいい、してんのうとはいったい、何のことだろう？――

源時は二朱金を拾って歩き出した。

高いが効き目のいい薬と、主《あるじ》が強欲なことで知られている薬種問屋《やくしゅどんや》永元堂《えいげんどう》の前を通りかかると、

「お願いです、どうか、薬を売ってください」
十五、六歳の若い娘が店の前で土下座している。
着ているものこそ、粗末な木綿《もめん》だが、目鼻立ちの整った綺麗《きれい》な顔立ちをしてい

る。

——こんな時分にこんなところにいては、攫われるぞ——

源時は気になって立ち止まった。

「困りますよ。こんなところに座り込まれては——」

手代《てだい》の一人が娘の腕を摑んで立ち上がらせようとした。

「いいえ、売ってくれるまでここを動きません。特製のチョウセンニンジンを煎《せん》じて飲ませないと、病気のおっかさんが年を越せないんです。お願いです」

「そうは言っても、ツケを払ってもらわないとお売りはできないんです」

手代は目を伏せた。

「大晦日《おおみそか》までには払います」

「今、払っていただかないと、てまえも旦那様に叱《しか》られてしまいます」

「商《あきな》いの邪魔だ。そこを退《の》いてもらいましょう」

手代がもう一人出てきた。

二人がかりで、嫌がる娘を立ち上がらせた時、

「まあ、そこまで言うのなら、お売りしないこともありませんよ」

きんきんと甲高《かんだか》い声が聞こえて、暖簾《のれん》の隙間から、きらっと細い目のようなも

のが光った。

──狐鬼《きつねおに》？──

「あたしがここの主の治郎右衛門《じろうえもん》です」

──これが主というのか？──

永元堂治郎右衛門の口もまた、物乞い親子同様、耳まで裂け、牙は細く長く、同様に細い両目が、額に向かって跳ねるように吊《つ》り上がっている。毛深さを気にしているのだろう、つるりと顔の毛を剃《そ》ってはいたが、桃色の地肌を隠そうとまぶしている白粉《おしろい》が浮き上がって見える。

「こちらも商売ですから、あんたの心がけ次第で、薬は売りますよ。ちょうど効き目のいいニンジンが入ったところですしね。娘さん、あんたももう子どもじゃない。あたしの言っている意味はわかりますね？　あたしはね、あんたみたいな気が強そうでいて、初心《うぶ》な娘が好みなんです。あたしの言うことさえ聞けば、おっかさんもあんたも楽に暮らせるようにしてあげますよ」

狐鬼にしか見えない治郎右衛門は、にやりと赤い舌を舐《な》めて笑った。

娘はうつむいたまま無言である。

「言い交わした男がいるのかね？」

治郎右衛門が畳みかける。

赤い舌が伸びてぺろりと鼻先を舐めた。

「おっかさんとその男とどっちが大事なんだ？　男の方だったりしたら、とんだ親不孝者だよ」

娘はとうとう、身体を震わせて泣き出した。

――これも幻が重なって見えるだけなのだろうが、永元堂治郎右衛門はこの娘を泣かせて、我が物としようとしている。ことは深刻だ――

手代の一人の前に進み出た源時は、

「これでとびきりのチョウセンニンジンをくれ」

今日の朝、稀世が財布にそっと入れておいてくれた二朱金と一分金を残らず差し出した。

「この額では、せいぜい三服ほどの分しかお売りできません。うちは十服分からお売りしているのですが」

銭を受け取った手代が治郎右衛門の方を盗み見た。

治郎右衛門は裂けた唇の端を歪《ゆが》めて、不愉快そうに舌打ちした。

「かまわぬ」

今度は腰の十手を握って突き出した。

「これはこれは八丁堀の旦那でございましたか。ようございます、ようございますとも。今日のところは旦那のために、お売りいたします。おまけもおつけして五服分にいたします」

治郎右衛門の狡《ずる》そうな愛想笑いは顔全体が引き攣《つ》って、額の生え際まで届く細い目が鋭く光った。

渡されたチョウセンニンジンの煎じ薬五服分が入った薬袋を、源時は娘に手渡して、

「暗くなってきた。夜道は危ない。送っていこう」

永元堂を立ち去ろうとする二人に、

「娘さん、心が決まったら、迷わずにおいでなさい。五服分どころか、百服分だって、惜しまずにさしあげますから」

治郎右衛門が言葉をかけた。

――あたしはね、相手のいる美女を口説いて、自分の色に染めるのが好きなだけなんです。他の悪さはしていません。本当です。ですから、してんのうの旦那には、もう来ていただかなくて結構です。もとより、我らはしてんのうなんぞに

用はないのですから、くわばら、くわばら――

　源時の心に囁《ささや》いた。

三

　娘の名はひなと言った。

　おひなは南塗師町《みなみぬしまち》の鼈甲屋《べっこうや》と袋物屋《ふくろものや》の間を抜けて、〝仕立物承《したてものうけたまわ》り〼《ます》〟と書かれた札《ふだ》がぶらさがっている長屋《ながや》の前に立つと、

「今日は本当にありがとうございました。このご恩は一生忘れません。薬のお代も必死に働いてきっとお返しします」

　深々と頭を下げた。

「それより、これと決めた相手がおるならば、永元堂にすがろうなぞと思い詰めてはならぬぞ」

　源時はおひなの今後が気になってならなかった。

　――この娘に降りかかっている、難儀《なんぎ》を何とかできなければ、お福もまた、生きては帰ってこないような気がする――

「決めた相手はおりませんが、永元堂さんだけは嫌です。虫酸《むしず》が走ります」

おひなはきっぱりと言い切った。

「ならばよい。薬の心配なら、役宅まで足を運んでくれれば何とかなるかもしれぬ」

源時は妻が医者をしていると話した。薬代を安くするために、稀世は庭の片隅に薬草を植えて、出来る限り、自給しようとしている。

「たしかチョウセンニンジンなぞもあったような気がする」

「本当でございますか」

おひなの顔がぱっと明るくなった。

「だから案じず、薬がなくならないうちに、役宅まで来てくれ。地蔵橋通りの北端だ。すぐわかる」

「ありがとう――ございます」

おひなが言葉に詰まったのは、感謝のあまり、涙ぐみそうになったからである。

こうして、無事、おひなを送り届けた源時は長屋を出て、稀世の待つ八丁堀の役宅へと急いだ。

稀世は料理上手でもあり、普段の源時は、今夜はどんな菜《さい》が膳《ぜん》に並ぶのかと、楽しみに想像をめぐらすのだったが、今日に限っては腹の虫が少しも鳴かなかった。

お福のことが気掛かりでならない。それに――。

――どうして、こうもおかしな鬼もどきの幻ばかり見えるのだろう。鬼もどきたちは、俺のことを知っている様子だが俺は知らぬ。どうして、していんのうなどと言って俺をやたら、怖がったり敬遠したりするのだろうか？　――

「ちょいと旦那」

背後から、だみ声をかけられた。

振り返ると、だみ声の持ち主は、

――や、また鬼か？　これは岩鬼《いわおに》？　――

一瞬、小鬼と見間違うほど、ごつごつした岩肌のような顔の老爺《ろうや》が、白髪頭でいひひと笑ってこちらを見上げている。

――口は裂けておらず、牙こそないが――

これほど奇妙な様子の老爺は見たことがなかった。

岩の間を皺《しわ》が埋めているかのような凶相だが、がっちりした体格で、小柄ながら首から下だけは二十代の屈強な若者である。背中に黒い布でぐるぐる巻きにした刀のような長さの物を括《くく》りつけている。刀ならば、鞘《さや》に納めているはずで、布でぐるぐる巻きにする必要はない。そもそも太さが違う。それに、この老爺、どう見ても武士ではない。しかも、刀のような物は少しも重そうではなく、敏捷《びんしょう》そのものに見える。

「何か用か？」

着物は擦《す》り切れてはいたが、垢《あか》じみてはおらず、物腰も物乞いのようではなかった。

「実は海老屋からずっと旦那を尾行《つけ》ていたんだ」

——何と尾行られていた？　——

不覚だったと思いつつ、

「不審な奴《やつ》め、何用だ」

源時は十手をかざして、大声を出した。

「まあまあ、そういきり立ちなさんな。遠縁とはいえ、あんたとわしは親戚なんだから」

「親戚？」

親戚だと聞いて源時はむしろぎょっとした。

──こんな正体不明な物を背負った老爺が、海老屋の親戚だというのか？

──

「信じる、信じないは勝手だよ。わしの名は久右衛門《きゅうえもん》。久しぶりに江戸に出てきたんで、御隠居の八兵衛さんに挨拶《あいさつ》をしようと思ったところ、とっくに逝《ゆ》きなさってることがわかった」

「祖父がいなくなっていても、両親に挨拶すればよいではないか」

源時はまだ、相手が親戚だとは信じていない。

「まあ、それも考えたが、お福という名の娘さんが神隠しに遭《あ》ったと耳にして、こんな時に親戚のよしみで、しばらく泊めてくれとは言いだしにくくなった」

──意外に慎《つつし》み深いところがある──

一瞬、相手を見直しかけて、

「どうして、お福のことがわかったのだ？」

源時は鋭い目を久右衛門に向けた。

「そりゃあ、あんた──」

またしても、いひひと歯の抜けた口で笑った。

「物乞い同然の暮らしをしてるんで、行く先々で物乞いたちとは親しくなる。西紺屋町あたりに屯《たむろ》してた連中から聞いたのさ。壁に耳あり、障子《しょうじ》に目ありというが、連中は立ち聞きの達人なんだよ。金や食い物が恵まれない時には、仕入れたネタが瓦版屋に売れる」

「それでは、いずれお福のことは――」

源時は蒼白《そうはく》になった。

父二兵衛同様、あり得ない、あり得ないと否定しつつ、心のどこかで、あり得ない幸運に望みをつないでいたのである。

「あんたの妹の命はあんた自身にかかってる」

久右衛門は言い放った。

「どうしたらいい?」

切羽詰まった心境のなせる技《わざ》で、独り言を言ったつもりだったが、

「わしをあんたのとこに連れていってくれ。しばらく、泊めてくれ。そうすれば、きっと何とかなる。このわしが妹捜しの知恵袋になるのだから、大船に乗った気でいてくれ」

相手はにやりとした。

――親戚であるならば、取り込み中の実家《さと》に代わって、俺がこの老爺を家に泊

めるのは筋ではある。知恵袋などと言い出して、多少は事態を案じてくれているのだし――

源時はこの時、〝溺《おぼ》れる者は藁《わら》をも摑む〟という、いろは歌留多《かるた》の一枚が頭を過《よぎ》った。

源時は久右衛門を伴って帰ることにした。途中、久右衛門は源時の十歩ほど後をひたすら歩いていたが、その足音には少なからず苛《いら》ついた感じがしていた。

源時は早足で走るように歩いているつもりだが、それでも、久右衛門には遅すぎるようで、控えて後ろを歩き続けているのが苦痛なのである。

「いい若いもんが――。もう少し、鍛えんといかんな」

久右衛門はとうとう呟《つぶや》いたが、源時は無視した。

「お帰りなさいませ」

玄関で出迎えた稀世は、

「まあ、よくおいでなさいました。どうぞ、お上がりください」

持ち前の涼やかな顔を親しみやすく感じさせる、慈母《じぼ》の微笑みを絶やさずに、久右衛門を招き入れた。

稀世はどんな相手のことでも、見かけで判断などしないのである。

源時はまだ、連れが親戚だとは話していない。

――とかく、見かけに惑わされやすい俺より、よほど器《うつわ》が大きい――

源時は妻に対して、愛情だけではなく、敬意も持ち合わせていた。

「遠縁の伯父《おじ》さんだ」

源時はやっと稀世に告げた。

「ところでうちのチョウセンニンジンを分けてやりたいのだが――」

病気の母親のために、薬種問屋永元堂の前に座り込んで懇願していた娘が、色好みの主の餌食《えじき》になりかかっているという話をした。

「分けてはさしあげられますが、うちのは永元堂さんのほどの効き目はないんです。あそこでは高輪《たかなわ》の楽田園《らくだえん》を買い占めているので」

「高輪の楽田園とは？」

「楽田狼太《ろうた》さんという、世捨て人同様のかざり職人さんが、身すぎ世すぎにと薬草を育てているのだとか――。奢侈《しゃし》禁止令《きんしれい》が出ている今時、簪《かんざし》なんぞの贅沢品の注文を受けるかざり職では、暮らしてはいけませんから。楽田園の薬草は、他では仕入れられない効き目だと聞いています。ですから、同じチョウセンニンジンでも、うちの庭のとは雲泥《うんでい》の差です」

——せっかくの良薬を、あの強欲な永元堂だけが独占するのは理《り》に適《かな》っていない。明日にでも楽田狼太とやらに掛け合ってみよう——

二人の話にじっと聞き耳を立てていた久右衛門は、話が途切れたところで、

「女房はめっぽういい女じゃないか」

すかさず小指を立てて、片目をつぶって見せた。

「腹が空《す》いたな、背中と腹の皮が今にもくっつきそうだ」

久右衛門は露骨に甘えてみせる。

「何がお好みでしょう？」

稀世は、客には、朝炊いて、お櫃《ひつ》に移してある飯では足りず、焼いた塩引き鮭《ざけ》は二切れしかなく、用意してある野菜の炊《た》き合わせでは、酒の肴《さかな》にならぬと瞬時に判断していた。

「一仕事終えてきたところなんで、精のつくものがいい」

「暮れの挨拶にと、鳥よしさんより鶏をいただいていますが——」

稀世は困惑した目を夫に向けた。

「またか——」

出入りの鳥屋鳥よしから贈られるのは、決まって、鳥籠《とりかご》に入った生きたままの

鶏一羽である。首を絞めて息の根を止めた後、喉《のど》を裂き、逆さに吊るして血を抜いてから、熱湯に浸けて羽をむしって丸裸にし、それから、調理に取りかかればよいのです。魚と同じで活《い》きが大事ですから、と鳥よしの主は得々と言うのだが——。

「そんな酷いこと、あたしにはどうしてもできません」

稀世には優しすぎるという欠点があった。

喧嘩《けんか》で運び込まれた患者の傷を、見事に縫い合わせることができるほど、手先は器用なのに、鳥にしても、魚にしても、直《じか》に手を下す殺生《せっしょう》を嫌っている。

源時はそんな稀世の想いを汲《く》み取って、貰《もら》い物の生き鶏を、市中の別の鳥屋に引き取って貰うことにしていた。稀世と夫婦《めおと》になってからというもの、白魚《しらうお》の躍り食いや、生き〆《じめ》の刺身とも無縁になった。

しかし、今は、久右衛門が、

「鳥があるのなら、鳥鍋《とりなべ》が一番だ。下拵《したごしら》えはわしに任せてくれ」

獰猛《どうもう》な気配を感じ取ったのか、怯《おび》えて、羽をばたばたさせている鳥籠の鶏へと久右衛門は近づいていった。

四

一刻《いっこく》（約二時間）ほど過ぎて、座敷では七輪の小鍋に鳥鍋が煮えている。

「どうぞ」

稀世はやや青ざめた顔に無理やり微笑みを浮かべて、久右衛門に酌《しゃく》をした。

「美人の酌は何よりの肴だ。この鍋よりもな――」

久右衛門はにたにたと満足げに笑い、この鍋と言われて、煮えているぶつ切りの鶏肉に目を落とした稀世は堪《こら》えきれなくなり、

「ちょっとすみません」

口元を押さえて席を立った。

久右衛門は見事に鶏を捌《さば》いた。圧巻だったのは、裸に剝《む》いた鶏の解体で、手づかみで内臓を引き出した後、出刃包丁を斧《おの》のように叩《たた》きつけて、逆さにして、しごくように血を絞りとると、骨ごと鶏をぶつ切りにした。

「鳥屋で奉公をしていたことがあるのか？」

源時が目を瞠《みは》ると、

「まあ、似たようなことはしてきた」

相手はむっつりと応えた。

稀世が辛《つら》そうなので、源時も鍋に箸《はし》を付ける気がしなくなり、つきあって酒だけを飲んだ。久右衛門一人が旺盛《おうせい》な食欲を発揮し、次々に葱《ねぎ》と鶏肉を煮て、

「捨てるのは勿体《もったい》ないぞ」

心の臓や胆《きも》、胃袋、腸などの内臓までも腹に納めてしまった。

お福探しにこの食い意地の張った老爺が役に立つとは、もはや思えなかったので、話らしい話は特になかったが、出会った時から気になっていた年齢《とし》について訊いた。

「幾つに見える？」

久右衛門が大笑いすると、皺の中に両目が埋まって見えなくなった。

「祖父を頼ってきたのだから、とっくに還暦を超えているのでは？」

祖父八兵衛の享年は六十七であった。

——おとっつぁんたちは人を見かけでしか決めないから、この老爺が遠縁であれ、何であれ、受け入れて親しくするはずはない。稀世同様、人を見かけで決めなかった祖父ちゃんなら、面白く思ってつきあいがあってもおかしくはない。遠

縁ではなく、同年配の幼馴染《おさななじ》みなのでは？　──
「まあ、そう、年寄り扱いするなよ。わしはまだ四十の半ばなんだから」
そこで相手はまた、わははと笑って興じた。
聞いた源時は、もうこの先の話をする気がなくなった。
──たしかに足腰の鍛え方は尋常ではないが、この老爺顔が四十代の男である
はずなどあり得ない──
久右衛門の床《とこ》は、源時たち夫婦の隣りの座敷に稀世が用意した。
──よくわからない老爺を連れ帰って、稀世に悪いことをした──
「眠れるか？」
稀世を案じると、
「大丈夫です」
源時は妻の手を握った。
半刻（約一時間）ほど経《た》って、やっと稀世の寝息が聞こえてきた。
──よかった──
安堵《あんど》する一方、
──今日は目が冴《さ》える──

やはり、また、お福のことを考えていた。

もとより、妹のお福が市中を騒がせている、娘拐かし事件に巻き込まれてしまっている事実を稀世に話すつもりはなかった。

優しすぎる稀世はかなりの心配性でもあるからだ。

――おとっつぁんやおっかさんは、あまり、いい顔をしていないが、俺のいない間、お福はここへよく遊びに来ていた。稀世とは本当の姉妹のように仲がいい。お福のことを知ったら、どれほど、心を痛めて案じるかしれない。病気にでもなられては困る――

そんなことを思っているうちに、浅い眠りに入って、ごーんと丑《うし》三ツ（午前二時頃）を告げる鐘が鳴り始めたところで目が覚《さ》めた。

隣りの座敷の高いびきが止《や》んでいる。

そっと障子を開ける音がした。

――何なのだ？――

源時は眠っている妻の顔を確かめてから、物音を立てずに起き上がった。

隣りの部屋との間の襖《ふすま》を開けた。

久右衛門の姿がない。

源時は隣りの部屋へと入り、開いたままの障子を抜けた。

ことっと勝手口で音がした。

ごーんと二つ目の鐘が鳴った。

源時は羽織《はおり》を羽織ると、勝手口へと急ぎ、家から出た。

思わず、ぶるっと震えた。

寒月が亀島川《かめじまがわ》の方へ歩いていく久右衛門を照らしている。

いや、たしかに歩いてはいるのだが、全速力で走ってでもいるかのように速い。

源時は懸命に駆け出した。

すでに久右衛門は川岸にいる。

川岸には竹が植わっていたが、その竹が天に向かって刺さっている無数の槍《やり》のように見える。

濃い血の匂いがした。

月の光を浴びて、久右衛門の振り回している鉞《まさかり》がぎらぎらと輝いている。左腕の手負いの傷からは血を滴《したた》らせていた。

源時の目は、裂けた口と牙を剝き出しにして、久右衛門に襲いかかっている大男に釘付けになった。

――見える――

血走った目をした大男の顔は、一面に毛で被《おお》われていて、頭の上には巨大な鶏冠《とさか》が揺れている。ごっ、ごっ、ごっと威嚇《いかく》するかのように重く鳴いた。

――鳥鬼《とりおに》――

鳥鬼に襲いかかられるたびに、久右衛門は躱《かわ》し続け、片手斧を繰り出す。小柄な久右衛門と相手との背丈の違いは二尺（約六十・六センチ）もある。

――敵《かな》うはずがない――

助太刀《すけだち》しようと咄嗟《とっさ》に一歩踏み出した時、気づいた鳥鬼が振り返った。

ごっ、ごっ、ごおおっ、ごおおっ――。

鳥鬼が鋭い鉤型《かぎがた》の大きな爪《つめ》を源時へと伸ばしてきた、その時である。

久右衛門の小さな身体《からだ》が大きく跳ねた。

どさっと赤い鶏冠が切り落とされて、雪に被われた地面を真《ま》っ赤《か》に染めた。

ごおおおん。

無念の呻《うめ》き声と共に鳥鬼の大きな身体が倒れた。

ごーん。

丑三ツの最後の鐘が鳴り終わった。

長い時のように思えたが、ほんの一瞬の出来事だったのだ。

「終わったが、急がねば。この近くの稲荷社《いなりしゃ》ではない神社へ連れて行ってくれ」

久右衛門は源時を促した。

二人は、霊岸橋《れいがんばし》を渡り、新川大神宮《しんかわだいじんぐう》へ向かってひた走った。

途中、ごっ、ごっ、ごっ、ごおおっ、ごおおっという鳴き声が谺《こだま》のように聞こえてきた。追いかけられているかのようでもあった。

「いいか、決して止まるな。止まったら最後、死ぬぞ、殺される」

厳しく叱咤《しった》された。この時ばかりは、源時も久右衛門に遅れを取らなかった。

新川大神宮へ走り込むと、恐ろしいその声はぴたりと止んだ。

着物の袖口を裂いて、手早く止血し、傷の手当を済ませた久右衛門は、

「やれやれ、また、命拾いしてしまった」

大きく伸びをして、

「何やら、ほっとしたら眠くなってきた」

暢気《のんき》な物言いをした。

「訊きたいことがある」

源時はまだ、身体の震えが止まらない。

「いいだろう。どうせ、明け六ツの鐘が鳴るまでは、ここにいなければならぬのだからな」

「あなたが斃《たお》したあ奴はいったい何者なのだ？」

「何者だと？　見ての通りの鳥鬼、魔物だよ」

「なにゆえ、あなたが狙われたのだ？」

「鳥鬼の首領《しゅりょう》の子を、鳥鍋にして食うてしまったからだ」

「鳥籠の鳥はただの鳥で魔物などではなかったが？」

「鳥鬼とて、魔物になりきれない子どもの頃は、人に変わることなどできはしない。飼われているただの鶏を仲間と思い込んで、仲良く、一緒に餌《えさ》をついばんでいるうちに、鳥籠に入れられる憂き目にあったのだろう。だが、こいつはいずれ親のような魔物に育って、人を襲って食う。今、鳥鍋にして食わずとも成敗《せいばい》する日は来る」

――この目で闘いの様子を見ていなければ、到底信じられる話ではない――

「魔物成敗がお主の役目か？」

源時の問いに久右衛門は大きく頷いて、

「鬼狩りとも言う。一条《いちじょう》天皇（九八〇～一〇一一）の頃から続く、先祖代々の尊いお役目だ。我らがこうして、お役目を果たしてこなければ、この世は人ではない、魔物の天下になっていたはずだ。我らあってこそ、人の世はある」

　誇らしげに言い放った。

「思った通り、親戚ではなかったのだな」

　源時は冷たく念を押した。

「あれは方便《ほうべん》だったが、たとえ、海老屋の血筋とは関わりはなくても、あんたとは通じるものがある」

　あろうことか、久右衛門は親愛の目を向けてきた。

「また、根も葉もないことを――」

「あんたにも我ら同様、鬼が見える――」

「幻にすぎぬ」

「今のあんたはそう思いたいだけだよ。さっきも鳥鬼の首領の姿が見えていたはずだ。魔物が見えるあんたは、わしらの仲間なんだよ、だから、もう、じたばたしなさんな」

　久右衛門の口調は子どもをあやすかのようだった。

五

「俺があなたたちの仲間だというのか？」

恐る恐る源時は確かめた。

「そうだとも」

久右衛門は笑顔を向けて、

「その昔、一条天皇は都から美しい姫たちが攫われ続けた時、安倍晴明《あべのせいめい》に占わせて、大江山《おおえやま》の酒呑童子《しゅてんどうじ》の仕業《しわざ》だと突き止めた。鬼族の最高位に君臨する、狼鬼《おおかみおに》の酒呑童子は無敵で、姫攫いの目的は美女の血肉だった。古来より、狼鬼の誇りは肉しか決して口にせぬことだ。口の奢《おご》った酒呑童子は、獣肉では物足りなくなっていたのだ。そこで、摂津《せっつ》源氏《げんじ》の血を引く源頼光《みなもとのよりみつ》が大将となり、討伐隊が差し向けられた。頼光に従った武者たちは、嵯峨《さが》源氏《げんじ》の末裔《まつえい》渡辺綱《わたなべのつな》、坂田公時《さかたのきんとき》、碓《うす》井貞光《いのさだみつ》、卜部季武《うらべのすえたけ》の四人で、頼光《らいこう》四天王と称された。わしの遠いご先祖様は渡辺綱だ。物心ついてからというもの、鬼狩りに命を賭《か》ける暮らしを続けてきたので、こんなおかしな身形《みなり》をしてはいるが、渡辺久右衛門というのがれっきとしたわしの名だ」

胸を張った。

――してんのうは頼光四天王、つまり鬼狩りを意味していたのだな。それで鬼たちは俺を怖がったのか。ただし、久右衛門と同じこの渡辺姓ばかりは――

「俺の渡辺という姓は、祖父が買い取った同心株の持ち主のものにすぎぬ。ご先祖が渡辺綱だとも聞いてはいない」

「そうさね、この世の渡辺姓の者が全員、鬼狩りのはずはない。たぶん、偶然だろう。だが、あんたの目には魔物が見える、これだけは確かでわしらの仲間の証さ」

――たしかにその通りだ――

「昨日、実家からの帰り道、突然、見えるようになったのは、なにゆえなのだろう？」

源時はもはや、これはもう幻などではない、事実だと認めていた。

「市中で娘たちが攫われているのは、鬼の仕業だ、間違いない」

久右衛門は言い切り、

「よりによって、宿敵の鬼が可愛い妹を攫ったと知らされて、あんたの今まで眠っていた力が陽《ひ》の目を見たがったんだ。妹を助けたい一心でね――」

「俺が鬼狩りの眼力《がんりき》を得たのなら、お福の居所《いどころ》を突き止められるのだな」

源時がほっと息をつきかけると、

「たとえ突き止められても、助けられるとは限らない」

久右衛門は顔から笑いを消して、

「それには、頼光率いる討伐隊がどうやって、酒呑童子を討ったかの話をしておかなければ。手下に守られている上、相手は怪力の持ち主とあって、頼光たちは騙《だま》し討ちにすることにした。美酒と偽《いつわ》って献上した毒酒で動けなくさせて、首を切り落としたのだ。酒呑童子の切られた首は、頼光の兜《かぶと》に噛《か》み付き、〝この恨み、この匂い、末代《まつだい》まで忘れぬぞ。いつか、おまえらを根絶やしにしてやる〟と繰り返していたという。酒呑童子を討ち取ったこの時から、我ら鬼狩りと、恨みを忘れぬ鬼たちとの闘いの火蓋《ひぶた》は切って落とされたのだ。以後、わしらは人に化けている鬼が見え、鬼たちは、匂いで、我らを憎き鬼狩りだと看破するようになった。こうして、神社にでも駆け込まなければ、とっくに、わしらは鳥鬼の手下たちに見つかって、今頃、八つ裂きにされていたところだ。鬼狩りに一分《いちぶ》の油断も許されない」

「どうして稲荷社では駄目なのか？」

「酒呑童子の首は、禍《わざわい》をもたらすとして、都へは持ち帰られなかった。大江山の山中深くに埋められ、鬼岳稲荷山《おにだけいなりやま》神社が建てられて、祀《まつ》られている稲荷の狐鬼《きつねおに》に、時をかけて、狼鬼の酒呑童子の怒りを鎮《しず》めるよう頼んだ。だが、狼鬼と狐鬼、ともに獣の鬼同士である上、とかく、狐鬼は嘘つきの二枚舌だ。わしらは信用はできぬ」

「神社が鬼狩りの聖地である理由は？」

「頼光は〝神便鬼毒酒《しんべんきどくしゅ》〟と兜を神から授かった。鬼と互角に闘っては、勝ち目はないと、神様が人を哀れんだからだろう。神社でのつかのまの安息も神様からのいただきものだ」

――もしかして、さっきの闘いの間、鳥鬼の首領に加勢する者の気配はなかったにもかかわらず、久右衛門が慌ててここへ身を隠そうとしたのは――

「鬼と名のつく者たちは、たとえ、非力な鬼であっても、丑三ツ時に力を強める。さっきも、連中は丑三ツの鐘が鳴り終えるのを待って、いっせいに襲いかかってこようとしていた。だが、その前に首領が斃されてしまったので、一瞬の戸惑《とまど》いが生じた。それに乗じてわしらは生き延びたというわけだ。わははは、めでたい、めでたい。わははははは、これほど、めでたいことがあるか?」

久右衛門は皺の中に両目を埋めて笑ったが、

——手下たちに戸惑いが生じていなければ——

源時はぞっと背筋が凍りついた。

「初めてだったので、奴らの気配に気づかぬのも無理はないが、これからは、人が正攻法では斃せぬ相手と心することだ。さもなければ、あんたも妹も、攫われた他の娘たちも、生きて、魔物の手から逃れることはできない」

皺の中に埋もれていた久右衛門の目が、白《しら》みはじめた朝日を受けて、きらっと刃物のように一筋光った。

「礼を言うのを忘れていた。あんたが尾行《つけ》てきてくれて、鳥鬼に隙を作らせなければ、今頃、わしは奴らの腹の中だ。恩に着る」

「最後にどうしても訊きたいことがある」

「恩人の頼みだ。言ってくれ」

そこで、源時は娘たちが拉致《らち》され続ける事件ついて、自分なりに調べたことの一部始終を話した。

「あなたの助言がほしい」

――お福の命が掛かっている――

「鬼の仕業だと言ったろうが――」

「どこに潜む、どんな鬼かがわからない。鬼狩りで日々を費《つい》やしてきたあなたなら、見当がつくはずだ」

「首領になるほどの鬼は、どれも屈強の大男だから、姿では決めつけられない。ただし、おおむね鬼は茨嫌いなので、逃げるためとはいえ、茨に踏み込んでいったとなると、あれかもしれぬが――」

そこで久右衛門は何かを思い出した様子で、急に話を止め、

「ここから先はあんたが自分で調べるんだ。たとえば、チョウセンニンジンの逸品を作っているという、楽田園とやらに行ってみるのも悪くはないぞ」

大きく伸びをした。

――チョウセンニンジンが手掛かりになるとは思えない。はぐらかされたか――

久右衛門は憮然《ぶぜん》としている源時を尻目《しりめ》に、座っていたお堂の前の石畳から立ち上がると、

「次の丑の刻までに、あいつらの鼻が利かなくなるところまで逃げねばならぬが、

やり残したことが一つある」

新川大神宮を出て、死闘を繰り広げた亀島川岸へと戻った。

――鳥鬼の骸を埋めるのだろう――

鳥鬼の首領は立ち上がった馬ほどの背丈で、鬼狩り以外には、大男にしか見えないのだとしたら、通りすがりの者は人の骸と見なして、あわてて番屋《ばんや》に届け出ることになる。

――見ていた者は俺と手下しかいないはずだが、もし、いたら、久右衛門は人殺しにされてしまう――

二人は朝日が注いでいる川岸を進んだ。

「ここだな」

久右衛門が足を止めた。

鶏冠を切られた一羽の雄鶏《おんどり》が死んでいる。鳥鬼には見えなかったが、

「夢などではないぞ」

久右衛門は小刀で膨れて見える腹を切り裂いた。

どろりと流れた血の奥に両手を差し入れて、

「これを見よ」

広げた手拭《てぬぐ》いの上に小さな肉片を広げていった。

目を凝《こ》らすと、細長い肉片の先端には爪が、中ほどには流線型の襞《ひだ》が見える。

「どれも子どもの指だ。狼鬼と違って、鳥鬼たちは雑食だが肉好きだ。人の子は狙いやすい獲物だ。何人、子どもを食らったかを鳥鬼たちは競う。こうして指を取っておくのは、仲間うちで己《おの》が力をひけらかすためだ。ここにある指はどれも中指なのに、流線型の襞は各々、異なっているから、こいつはすでに百人以上の子を食らっている。倅ともども成敗できて何よりだった。これで、市中で始終起きている子どもの神隠しも、いくらか減るはずだ」

久右衛門は地面に穴を掘り、子どもたちの中指を丁寧に並べて葬った。

「せめて、浄土では鬼に追いかけられずに、楽しい日々を送ってほしい」

「これはどうする？」

源時は鳥鬼だった雄鶏の骸に目を落とした。

「焼かねばならぬ」

久右衛門は焚《た》き火を熾《おこ》して、摑んだ骸を投げ込んだ。

一瞬、源時は自分の目を疑った。ごおーっという轟音《ごうおん》とともに、焚き火が燃えさかり、鳥鬼が大きな身体を立ち上げたからである。

「鳥鬼が見せている幻にすぎぬ。惑わされるな。心に鬼を入れてはならぬ」

久右衛門は言い切り、

「くらえ」

片袖を引き裂いて投げつけた。

しかし、ごおーっ、ごおーっという音は止《や》まず、鳥鬼が迫ってくる。

「足りぬのだな」

久右衛門は両腕を露《あら》わにしている。傷の手当てに使われたせいで、もう一方の袖は包帯に替わっている。

――鬼の幻を封じるには、きっと、鬼狩りの着物の袖が二枚要《い》るのだ――

咄嗟《とっさ》に源時は羽織の左袖を引き裂き、幻に向かって投げると、瞬時に焚き火は業火《ごうか》ではなくなり、ほどなく、鳥鬼の姿が消えた。

六

「それではまた。別嬪《べっぴん》女房によろしくな」

久右衛門が向けた背中が瞬《また》く間に見えなくなった。

──何と言う素早い身のこなし──。四十半ばという年頃、嘘ではないのかもしれない。あのように険しく顔が老けたのは、日頃の苛《か》酷《こく》な鬼狩りが祟《たた》ってのことだろう──

役宅に戻った源時は厨《くりや》から漂ってくる、飯の炊ける匂いと、出汁《だし》に味噌《みそ》の溶け込む香りに、ほっと安堵のため息をついた。

──今、見聞きしてきたことはすべて、夢だったと思いたい──

だが、骸になり果てた鳥鬼を見て、〝夢などではないぞ〟と因果を含めた久右衛門の鋭い眼差《まなざ》しが思い出されると、

──今起きていることから逃げてばかりはいられない──

源時は知らずと背中を強《こわ》ばらせていたが、

「久々に会ったので、なつかしさのあまり寝付けず、つい、高いびきで寝ている伯父を叩き起こしてしまい、亀島川岸で焚き火をしながらずっと昔話をしていた。川岸で、立木の枯れ枝に袖が引っ掛かり、引っ張ったら破れてしまった。折悪《おりあ》しく、風が吹いていて、袖は川に運ばれてしまった。すまない」

「まあ、仕方ありませんね。ところで、伯父様は？」

久右衛門が一緒でないことに不審を抱いている様子の稀世には、

「どうしても、早朝に発《た》たなければならぬ用事を思い出したとかで、よろしく伝えてくれと礼を言っていたぞ」

と話した。

この後、源時は大根の味噌汁と焼きたての目刺《めざ》しで、三杯飯を平らげた。

――女房の飯ほど美味《うま》いものはないな――

これが所帯を持って以来の源時の実感である。海老屋では内儀手ずから料理はせず、賄《まかな》い方《かた》と呼ばれる奉公人が品数を揃《そろ》えて、丹念に主一家の膳を調《ととの》えるのである。

――それでも、これほど温かく美味くはなかった――

稀世の作る料理には、ひたむきに源時を想う心が、そっと温かく籠められている。

「さて、楽田園に行って、分けてもらえるよう頼んでくるか」

源時は腰を上げた。

久右衛門の話で、人とも鬼ともつかぬ怪異な存在が、大昔から存在していて、頼光四天王の鬼退治によって、互いが天敵となってしまっているとわかった。何としても、母親想いの娘おひなを、狐《きつね》に似た鬼にしか見えない、永元堂の治郎右衛門に近づけてはならないと源時は強く思った。

楽田園は高輪にある。鬱蒼《うっそう》と常緑樹が茂る林を背に、三反《さんたん》はある薬草畑《ばたけ》が広がっていて、藁《わら》を載《の》せられて冬越ししているものがほとんどだった。畠の片隅には、葱や小松菜、大根等の葉が青々と茂っている。

——うちと同じで、自給用に青物《あおもの》も作っているのだな——

楽田狼太の住む小さな家は畠の中にぽつんと建っていた。後ろにある、薬草を貯《たくわ》えておくための納屋の方がよほど大きい。

源時は家の前に立った。

「邪魔をする」

応えはなかった。

「邪魔をする」

大声を上げると、やっと板戸が開いた。

互いに顔を見合った直後、

「四天王だな」

楽田は掠《かす》れた声を出して、彫りの深い顔の口が耳まで裂け、大きくはないが剣のように鋭い牙を剝き出しにした。やや赤みを帯びた切れ長の目が睨《にら》み据《す》えてくる。

　――このままでは闘いになってしまう――

「狼鬼に用があって来たのではない」

　源時は十手を手にして、

「鬼の餌食になりかけている娘を助けるために、来たのだ。話を聞いてはくれぬか」

　頭を垂れた。

「四天王に話などない。四天王と話した仲間の話も聞いたことがないしな」

　楽田はぼそぼそと迷惑そうに呟いて、板戸を閉めようとしたが、すでに源時は一歩、家の中へと踏み込んでいた。

　戸口に飾ってある銀の置物は、人の姿をした女神《じょしん》を護《まも》っている二頭の座り狼《おおかみ》であった。

「いい造りだ」

　稀世からは、金にならないかざり職が本業だと聞いてはいたが、この言葉は世辞ではなかった。

「そうか」

すっと楽田の目から険《けん》が消えた。

そればかりか、裂けた口も牙も見えていない。江戸っ子にしては彫りが深すぎるので、奥州《おうしゅう》の出身ではないかと思われる。源時とほぼ同年配である。

源時はまず、昨日から自分の身の回りに起きている出来事をかいつまんで話した。

「それが何だというんだ？」

楽田は用心深い目になって先を促した。

「おひなという娘の母親のために、ここのチョウセンニンジンを分けてほしい」

「それは無理だ」

予想していた、にべもない断りだったが、

「仲間の永元堂だけに、暴利を貪《むさぼ》らせるためか？」

皮肉の一つも口にしたくなった。

「永元堂は狐鬼だ。狼鬼の我らとは違う」

「大江山で狼鬼の酒呑童子を護っているのは狐鬼のはずだが――」

「あれは狐鬼が勝手に人をたぶらかせただけのことだ。我らには忠義顔をしているが、あの二枚舌は信じられない」

どこかで聞いたことがある言葉だと思いつつ、

「ならばなぜ、狐鬼の永元堂にだけ、薬を売るのだ？」

源時は詰め寄った。

「俺は一人、好きなかざり職の仕事をして、静かに暮らしたいと思っている。それには日々、幾らかの銭を稼がねばならない。知っての通り、かざり職では糊口《ここう》は凌《しの》げない。なるべく、青物も食べるように心がけてはいるが、五日に一度ぐらいは、血の滴る生肉を食べないと、目が霞《かす》むようになって、俺たちは生きてはいけない。腐りかけた死肉では駄目だ。程よい加減に寝かせた肉で、風味豊かで柔らかいとなると、ももんじ屋でしか売られていない。もちろん高値だ。すっかり俺の舌が肥えてしまって、今では一番の好物は極上の牛肉だ。日を決めて届けさせている」

――話を逸《そ》らそうとしている――

「高く薬を売れば、毎日でも牛肉が食べられるぞ。何軒か、薬種問屋を集めて買い値を競《きそ》わせてみてはどうか？」

「市中で薬種問屋を商《あきな》っている鬼は永元堂だけだ」

「人は信じられぬというわけだな」

「人はとかく詮索《せんさく》する。ここで育つ薬草がよく効くのはなぜなのか、としつこく訊いてくるだろう。理由《わけ》は薬草も畠の土も遠い山の中のものだからだ。薬草は野生ほど効き目があるが、その効き目を長らえさせるためには、土も等閑《なおざり》にはできない。俺は植え付けや植え替えの頃になると、日に何度も、二十里（約八十キロ）も離れた山と、ここを行き来して薬草や土を運ぶ。人にはできぬ芸当だ。その様子を見られたくない。幸い、今は変人で通っていて、永元堂以外、滅多《めった》に訪ねてくる者はいない。狐鬼の永元堂は自分の得にならないことはしゃべらない。わかってくれ、俺は自分のことで精一杯で、他人様《ひとさま》のことに関心など微塵《みじん》もないのだ」

「そうとは思えない。なぜなら、戸口の置物は、人に模した女神と狼が一緒だった」

「あれは人と鬼が今ほど対立していない頃、神が描かれたと聞いている絵を基《もと》にしたものだ」

「女神を人に模した神は、人と狼鬼の今のような敵対を喜ぶだろうか？」

「女神に仕える狼のように、人にかしずけとでも？」

怒りのせいで、楽田の口が裂け、牙が剝き出しになった。

「そうは言ってない。だが、孝行娘に分け与える薬のことは考えてみてほしい」

源時の言葉に楽田は無言だったが、裂けた口は元に戻り、牙は見えなくなった。

「用向きが終わったら帰ってくれ」

「もう一つ──」

──久右衛門は市中の娘攫いは鬼の仕業だと言い切っていた──

「まだあるのか？」

「娘攫いで、思い当たることがあったら教えてほしい」

源時は市中で起きている、娘拐かしについて話し始めた。

「俺の妹も攫われた」

源時の口調は悲壮《ひそう》だったが、楽田は無言である。

「永元堂の治郎右衛門は女好きだ。密《ひそ》かによからぬことをしているのではないか？」

思いあまった源時は誘いの水をかけた。

「ふん」

楽田は興味なさげに鼻を鳴らして、

「狐鬼は小狡いだけだ。お上に捕まれば打ち首にされるようなことなどせぬわ。

酒呑童子様が四天王に首を掻《か》き切られて以来、鬼と名のつく者は誰もが、首を切られることを恐れている。地獄は鬼の天下だが、首のない鬼は、地獄に堕《お》ちた人と同様、血の池に溺《おぼ》れて業火《ごうか》に焼かれ、茨の林を彷徨《さまよ》うことになると信じているのだ。治郎右衛門に地獄の亡者になる度胸などあるものか」

「手下にやらせれば誰にも気づかれぬと、侮《あなど》っているのやもしれぬぞ」

源時は白昼堂々、娘たちを担ぎ上げて、茨をものともせず、煙のように姿を消す大男について話した。

七

楽田に異変が起こった。

「ん」

またしても、口を裂けさせ、牙を見せたが、もはや、その目が睨んでいるのは源時ではなかった。宿敵がそこにいるかのように宙を見据えている。

「大男について思い当たるのだな?」

「まあ――」

「曖昧《あいまい》に濁すな」

「強敵すぎる」

「狼鬼は鬼族の首領だろう？」

「そいつはたぶん、狗石鬼《いぬいしおに》だと思う」

「狗《いぬ》ならば、狼の敵ではあるまい」

「しかし、よりによって、あやつらが娘攫いをしていたとは――」

楽田は大きなため息をついて、

「狗石鬼もはるか昔は我らの仲間だった。狗石鬼の先祖は酒呑童子様の腹心だ。茨無残に討ち取られた責任を負って、我らの先祖から離れ、狼鬼とは名乗らず、茨をも恐れぬ、最強の狗鬼《いぬおに》、狗石鬼となったのだ」

「狗石鬼は娘たちをどうしようというのだ？」

源時は想像したくなかった。

「酒呑童子様が鬼族を束《たば》ねている頃、狼鬼の誇りは肉しか食わぬことだった。狗石鬼たちは、美味い肉しか食わぬ我らと違って、たとえ、その肉が腐りかけていても、肉食だけで命を繋《つな》いでいる。多くの狗石鬼たちは、決して人に心を開かぬせいで、日傭取《ひようと》りや墓掘り等の力仕事で雨露を凌いでいるから、貧しい。となると先祖代々続けてきた肉食だけが唯一、あやつらの矜持《きょうじ》なのだ」

「酒呑童子は京の姫君たちを攫って餌食にしようとした。狗石鬼とやらは、それに倣《なら》って、この江戸の娘たちを食おうというのか？」

楽田は黙って頷き、

「妹は、お福は――」

源時は掠れ声になりかけた。

――こんなことでどうする？　しっかりしろ――

すでに人の顔に戻っている、楽田の心の声が聞こえたような気がして、

「強敵と言ったが、弱点はあるはずだ」

源時は久右衛門が切り落とした鳥鬼の鶏冠の赤さを思い出していた。

「大男、いや、狗石鬼が何ゆえ、茨をものともしなかったのだと思う？」

もはや、楽田は源時との話を拒んでいない。

「もしや、痛みを感じないのでは？」

「その通りだ。四天王の末裔、鬼狩りを追いかけつつ、また、迎え打ちつつ、この世の最下層で生きてきた狗石鬼たちは、いつしか、生まれつき痛みを感じなくなった。鬼狩りは、狗石鬼との闘いで、そのほとんどが、躱《かわ》し損ねた傷の痛みで怯《ひる》んだ隙に、止《とど》めを刺されて殺されてしまうのだ」

「なるほど、痛みさえ感じなければな。狗石鬼に先手を打ったつもりの鬼狩りが、痛みを感じない狗石鬼に怯むはずだし、鬼狩りの勝ちはない。だが、これだけでは最強とは言えまい」

――痛みを感じずとも、心の臓を貫かれ、頭を斬《き》りつけられれば死に至る――

「狗石鬼と呼ばれているのは、あやつらの肉も骨も石のように硬く、どのような名刀をもってしても貫くことができぬからだ。酒呑童子様の仇《かたき》を討とうと、鬼狩りたちを探して次々に挑んだものの、返り討ちに遭い、極端に数が減ってしまったのだ。そこで痛みを感じない石のような身体になるほかに、生き延びる手段はなかったのだろう」

「殺されることがない？」

「寿命では死ぬ。毒死もある。だが、酒呑童子様の轍《てつ》を踏むまいと用心しているので、近づくことなぞできはしない」

「すると、瞬時に殴り殺されるのだな」

殺されていた中間や小僧の胸に遺《のこ》っていた、大きな痣が思い出された。

「もとより、酒呑童子様の腹心たちは、喧嘩に強い屈強な大鬼たちだった。狗石鬼たちはよい先祖を持っている」

元は仲間だった相手のこととあって、楽田はやや自慢げに言い添えた。

「まだ、ほかに無敵の理由はあるのか？」

源時は苛《いら》ついて促した。

「その上、肉食と体臭が相俟《あいま》ってひどく臭《くさ》い。たとえ鬼族でも、病気がちの者など、この悪臭で死ぬ者もいる」

「それほど臭いならば——」

突然、源時の目が輝いて、

「狼鬼なら、はるか遠くまで鼻が利くはずだ。あなたの鼻で、娘攫いの不届きな狗石鬼を探し出すこともできよう」

強い口調で迫った。

「たしかに我らの鼻は、ここにこうしていても、市中の隅々まで嗅《か》ぎ通せる。だが、不思議に臭《にお》っては来ぬのだ」

「真実《まこと》か？」

源時が厳しく念を押すと、楽田は少々、悲しそうな顔になって、

「俺たち狼鬼は、青物や魚を食う裏切り者よと、狗石鬼から誹《そし》りを受けようとも、自分たちの信じる道を歩いてきた。人とはあえて深く交わろうとはせぬが、諍《いさか》お

うとは決して思わぬ。俺は人食いの狗石鬼を庇《かば》い立てする気はない。信じてくれ。いや、狐鬼には欲に駆《か》られてやすやすと騙されるのに、とかく疑り深いのも人の常であったな」

目を逸らせてうなだれた。

——言葉のはしばしから気づいていたが、この狼鬼は、人並み外れた繊細な心を持っている——

「わかった、わかった、あなたを信じる。だが、なぜ、あなたの鼻をもってしても、狗石鬼を探し出せぬのだ？」

「狐鬼が関わっていると、臭いを消すことができる。狐鬼の小便が掛かった木の葉を渡された者は、己《おのれ》の臭いを消すことができる」

「永元堂も狐鬼だぞ」

「だが、強欲な永元堂が貧しい狗石鬼に手を貸すとは思えない」

「ともあれ、永元堂に訊かねば」

源時は戸口へ向かいかけて、

「永元堂とは商売相手であろう。同行してくれると有り難いのだが——」

楽田を振り返った。

「俺につきあえというのか？　永元堂は俺のところから薬草が入らないと立ちゆかなくなる。それで俺の言うことには、耳を傾けると踏んだのだな。ははは、狐鬼と人は、腹の探り合いが得意だ」

――こいつはたいした皮肉屋だ――

源時は心の中で冷や汗を流した。

「無理強《じ》いではない」

「まあ、いいだろう」

――だが、いい奴でもある――

二人は永元堂へと向かった。

「訊いてもいいか？」

源時は話しかけた。

「答えたくないことには答えないだけだ」

――気難しくもある――

「俺はもう、人の顔が鬼に見えることを幻だとは思わない。だが、今もそうだが、あなたの顔は滅多に鬼の顔に見えぬ。それはなぜか？」

楽田は答えなかった。

代わりに狼鬼の形相になって、うぉーっと一吠《ひとほ》えしてみせると、

「鬼と鬼狩りが闘いもせずに、一緒に歩いているとは不思議なものだな」

人の顔に戻って苦笑した。

楽田狼太が永元堂の店先に腕組みをして立ち、

「主はいるか？」

大声を上げると、すぐに大番頭が飛んできて、

「旦那様にご用向きですね。どうぞ、お上がりください」

楽田と源時は客間に通された。

「まあまあ、楽田様、このお寒い中をよくおいでで――」

ほどなく、世辞を口にしながら障子を開けた治郎右衛門は、源時と目が合うと眉を寄せた。

「八丁堀の旦那もご一緒でしたか」

――ああ、またこの顔か――

狐鬼の顔が源時に迫った。

剃っても剃ってもすぐに生えてくる薄茶色の毛が、あわてて叩《はた》きつけた白粉《おしろい》に

まみれている。

　向かい合った治郎右衛門は、源時と楽田を交互に上目使いで見ている。不安でならない様子であった。

「永元堂。昼餉《ひるげ》は鶉《うずら》の団子鍋か？」

　すぐに楽田の鼻が言い当てた。

　――昼餉から鶉とは豪勢なものだ――

　源時は昼餉を摂《と》っていなかった。

　鳥類は鶏に限らず、狐鬼の大好物である。

「ええ、まあ、このところ、旬《しゅん》の鶉に病《や》みつきで――。それより、今日はいったい何のご用です？　鬼狩りの旦那と楽田様が一緒だなんて、こっちは天地がひっくりかえるほど驚いてるんですよ」

「ここは狗石鬼の臭いがする」

　――そうなのか――

　源時には何も臭わない。

「狗石鬼？　どこにです？　あの恐ろしい連中は痛み知らずですから、薬種問屋のうちとは縁もゆかりもありません」

治郎右衛門は言い切った。

「ならば、おまえの食った鶉に付いていた臭いだろうよ」

「そんなこと」

治郎右衛門はあわてて口を袖で覆ったが、額から冷や汗を滲《にじ》ませている。

――狗石鬼に知り合いがいるのだ――

源時は確信した。

八

「狗石鬼に娘攫いの疑いがかかっている。拐かしは大罪。下手人《げしゅにん》に手を貸して、隠し立てすると身のためにならぬぞ」

源時は十手に手を掛けた。

「下手人同様打ち首になる」

ぼそりと楽田が呟く。

ひぃーっと治郎右衛門が悲鳴を上げた。

「打ち首、打ち首――になるなんて、た、助けてくれ、首を切らないでくれ。助けて、お願い――」

治郎右衛門は、あたかも目の前に首切り役人がいるかのようなあわてようである。

「普段、金にあかして威張り散らしているのに、いざとなると、とんと胆の据わらぬ奴だ」

楽田がふんと鼻で笑った。

「そんなことおっしゃらずに、助けてください。後生《ごしょう》ですから」

治郎右衛門は涙目になった。

「真実を申せば助けてやらぬこともない」

源時は言い切り、

「おまえのところに鶉を運んでくる、狗石鬼とはどんな奴なのだ?」

楽田が訊いた。

「どんな奴って、狗石鬼の木こりですよ。冬場は鴨《かも》や鶉の山鳥《やまどり》を捕まえて、金のありそうな店に届けてくれるんです。狗石鬼は商いらしい商いができないんで、獲物を縁側に置いて立ち去るだけ。こっちが、そいつを気に入ったら、幾らかの銭を品代にと置いておく。それで取り引きが成立。あとはずっと、この繰り返しです。毎日のように山鳥が届いていましたが、あたしはそいつの顔を見たことなぞありません。これでも楽しく、人の暮らしに馴染んでるんで、今更《いまさら》、狗石鬼に狐鬼だと見破られるのが嫌だったんです。虫の居所が悪ければ、殴り殺されてしまいますからね。なのに、あたしがそいつの悪事に手を貸しているなんて、あんまりです、酷い、酷い、とんだとばっちりです」

治郎右衛門は年甲斐《としがい》もなくおいおいと泣いた。

「嘘偽りはあるまいな」

源時が念を押すと、

「ございませんとも。本当に本当でございます」

治郎右衛門はつるりと顔を一撫《ひとな》でした。

永元堂を出た二人は、近くの団子屋に入った。

すでに八ツ時（午後二時頃）近い。

源時は昼餉の代わりに、醤油《しょうゆ》と砂糖を煮詰めたたれをかけた甘辛味の団子を、楽田はつぶし餡《あん》がたっぷりと絡んでいる、あんころ団子を黙々と食べ終えた。

「永元堂を見張っていれば、いずれ、娘拐かしの狗石鬼が現れるやもしれぬが、それでは間に合わぬかもしれぬ」

源時が頬杖《ほおづえ》をつくと、

「治郎右衛門の身体から狗石鬼の臭いがしたと言ったが、あれは嘘だ」

楽田はさらりと言ってのけた。

「治郎右衛門に知っていることを白状させるためか――」

「狐鬼と渡り合うためには知恵がいる」

「あなたの鼻は、どのくらい前まで、相手が食べたものを言い当てられる？」

「まあ、二十日は堅い」

「となると、治郎右衛門が食べていた鶉からは狗石鬼の臭いはしなかったのだから、あいつが狗石鬼から山鳥を買っていたのは、二十日以前のことになる。なにゆえ、狗石鬼は山鳥を売りに来なくなったのか？」

「売って金に換える必要がなくなったのだろう」

「狗石鬼の後ろに黒幕がいるということか？」

「狗石鬼とて、めったにありつけぬ美味い肉には勝てぬはずだ」

「その黒幕が狗石鬼を肉で釣って、娘たちを拐かさせているというのだな」

「肉を与えなければ、見境のつかなくなっている狗石鬼は、娘たちを食ってしまうだろうから」

「黒幕はももんじ屋から大量の肉を買い続けている奴だ」

市中にももんじ屋はそう多く軒を並べていない。すぐにも探し出せると信じて、源時は立ち上がった。

察した楽田は、

「待て。ももんじ屋を当たっていては間に合わぬかもしれぬぞ。黒幕の狙いが、美女肉食いとは限らない——」

「もしや人買い？　美女売買？」

「だとすると、今すぐ、娘たちが囚《とら》われている場所を突き止めなければ、どこぞ、遠いところへ売り飛ばされてしまう」

楽田は腕組みしたまま、うーんと考え込んだ。

源時は、この時、助けを乞いながら、つるりと顔を撫でた治郎右衛門の口からはみ出ていた、真っ赤な舌先が頭に浮かんで、

「木の葉、狐の小便。狗石鬼はいったい、誰から、臭いを消す狐の小便木の葉を調達したのか？」

夢中で源時は叫んでいた。

悔しそうな顔の楽田は、源時に続いて無言で立ち上がった。

戻った永元堂では、

「旦那様は今、大事なお客様がおいででございまして――」

渋面《じゅうめん》の大番頭を押し退けるようにして、

「会わせてもらう」

ちらっと狼鬼の顔を見せた楽田はずかずかと廊下を歩いた。

客間では香が焚かれていて、治郎右衛門はくんくんと鼻を蠢《うごめ》かせながら、

「いい匂い!!」

うっとりと昼酒を楽しんでいるところだった。

「よくもこの俺を騙そうとしたな」

楽田は治郎右衛門の手から、盃《さかずき》を取り上げて畳に投げつけた。

「あ、あたしは、な、なにも、う、嘘は、い、言っておりません」

目を白黒させて怯えてしどろもどろになった治郎右衛門に、

「嘘は言っていないが、言い忘れていることはあるはずだ」

「小便木の葉を誰に売ったか、白状するんだ」

源時と楽田は各々迫った。

あっと叫びかけた治郎右衛門は、

「売ってなぞおりません。ただ、どうしても、あたしの大事なものが欲しいというものですから――さしあげただけです」

ずる賢い表情を隠すためにうつむいた。

――これも嘘だな――

源時は、小刻みに揺れて、胡座《あぐら》をかいている治郎右衛門の左足を見た。

「おまえが無料《ただ》で物を他人にやるとは思えぬな」

とうとう楽田は狼鬼顔になって、うおーっと大きく威嚇《いかく》した。

「おまえの首を一噛みして、地獄の亡者にすることもできる」

「そ、それだけは、ど、どうか、お許しを――」

治郎右衛門は楽田の足元にひれ伏した。

「ならば、残らず話せ」

「鶉なんぞの山鳥が届くようになって、何日かして、小便木の葉を売ってほしいという文が、ここで焚いているいい香りの香と一緒に届きました。買値は二十両。香を添えてくるからには、相手は女なのだと思い込み、二十両も捨て難く、釣られて約束し、夜遅くに会って渡しました」

「どんな相手だった？」

源時は身体を乗り出した。

「残念なことに、お使いの中間でした」

――中間を寄越すとなると、相手の黒幕は武家だな――

「それからというもの、あたしは何とも落ち着かなくて――。この香の匂いを嗅いでいると、どんないい女かと、想いが昂《こう》じて昂じて、もうたまりません」

「その話もこの匂いも、もういい」

楽田は不愉快そうに眉をしかめて首を横に振った。

「相手はおまえを狐鬼だと知っている。客の中に正体を見抜いている者はいないか？」

源時は訊いた。

「碓井兼光《かねみつ》とおっしゃる新小川町《しんおがわまち》のお旗本《はたもと》だけ――。去年、悪い風邪《かぜ》に罹《かか》られた時、医者の薬は効かず、楽田様のチョウセンニンジンが欲しい、金に糸目はつけないとおっしゃったので、こちらから出向いて煎じさせて頂きました。その時、顔を合わせて、双方ともが驚いたのです。こちらはびくびくものでしたが、碓井様は、〝ご先祖様から、急場にさしかかって、鬼が見えるようになったら、鬼狩りの使命に生きるように言われてきたが、この年齢まで、その言葉を信じてはいなかった。とは言え、もう、今更《いまさら》、鬼狩りでもあるまい。おまえを狩る気はない。薬種問屋の永元堂としか、見なさぬゆえ安心しろ〟と——。以来、いいお得意様です」

「攫われた娘の中に碓井家の息女もいた。たしか、名は美薗《みその》。小便木の葉を買いにきた中間は、目の下に大きな黒子があったはずだ」

源時は治郎右衛門に向かって念を押した。

「そ、その通りです——」

二人は永元堂の客間を飛び出ると、武家屋敷が建ち並ぶ、新小川町の碓井家の長屋《ながや》門《もん》の前に立った。

「若い娘たちの匂いがする。いや、まてよ、永元堂の座敷で嗅いだ匂いも混じっている。狗石鬼もここにいる。ここまで近いと小便木の葉の効き目も薄らぐ」

楽田は満足そうに鼻を撫でて、

「まずは様子を窺《うかが》おう」

二人は中庭の忍冬《にんどう》の茂みに潜《ひそ》んだ。

「こうしていて、狗石鬼に覚《さと》られぬものか？」

源時は不安だったが、

「小便木の葉は諸刃《もろは》の剣だ。自分の匂いを弱める一方、他の者たちの匂いにも鈍感になる」

客間が見えた。

碓井兼光と思われる四十半ばの男は、大店の主のように恰幅《かっぷく》がよかった。

「さあ、もっと召し上がってください」

相手は毛むくじゃらの狗石鬼だというのに、碓井は丁寧な言葉遣いである。

狗石鬼の膳部には、さまざまな種類の生肉が盛りつけられている大皿が載っている。

「どれも極上の肉だな、匂いでわかる」

囁《ささや》いた楽田がため息をついた。

「気に入らぬ」

あろうことか、狗石鬼は手にしていた盃を投げ出し、生肉がのった皿を膳から叩き落とした。

「無体《むたい》なことをなさる」

おっとりと躾した碓井の目は狐鬼よりも細かった。

「早く、攫った娘たちを食わせろ。市中の美女を攫って食い続ければ、大江山に眠る酒呑童子様への何よりの供養になるはずだと、あんたは言って、俺に得心させた。その約束は守ってもらいたい。あんたとは俺が永元堂に山鳥を届けに行った時に、永元堂の裏口で遭った。すぐに互いの正体がわかった。そして、あんたはうまい話があるといって俺を誘ったんだからな」

太い牙を剝き出して、狗石鬼は怒れる目を相手に向けた。

「わしは四天王の末裔、鬼狩りですぞ」

碓井はふふふと含み笑った。薄い唇まで目と同じように細い線になった。

「万物の長《おさ》である酒呑童子様を、亡き者にした事実は間違っている、頼光四天王のやったことは、天に向かって唾《つば》を吐くようなものだ、それを天下に知らしめるべきだと言ったのは、あんただったはずだ。ううう、いったい、これはどうしたことか――」

狗石鬼の額から、滝のような汗が流れ落ちて、表情は苦悶《くもん》に歪んでいる。

「気がつくのが遅かったようだな」

碓井の物言いは居丈高《いたけだか》に変わって、

「おまえらを刀では殺せぬが、毒ならばたやすい。おまえは今、死にかけている。今しばらくの辛抱だ」

今度はわははと高笑い、

「わしは天下人は鬼か人かなどということには一切興味がない。あるのは、日々、面白可笑《おか》しく暮らすことだ。武家の体面《たいめん》を取り繕《つくろ》うあまりに出費が嵩《かさ》むばかりの生活には、もう、うんざりしている。好きな骨董《こっとう》集めに興じてみたい。それで人買い稼業に一枚噛んだのだ。大身《たいしん》の旗本ともあろう者が、あこぎな女衒《ぜげん》の仲間だとは、誰も思うまい。ご先祖様のように、一文にもならない鬼退治に血道を上げようとは思わないが、邪魔になった鬼の、おまえは殺す。これで多少は、ご先祖様への申しわけも立つだろう」

うううう、うううううと唸《うな》って、身じろぎできなくなっている狗石鬼の前に立った。

「わしも鬼狩りの一人ゆえ、おまえが死ぬ前に一度、石で出来ているかのようだという、骨の硬さを確かめてみたい」

碓井は手にしていた脇差《わきざし》を抜いて、狗石鬼の胸に突き立てようとした。

もはや、動ける状態とは思えなかった狗石鬼の利き手が、斬りつけてきた脇差しの刃先を捉えた。

「何をする」

碓井は振り払おうとしたが、脇差の刃先を握った狗石鬼は、渾身《こんしん》の力を込めて刃先をひねった。碓井は翻筋斗《もんどり》打って畳の上に転がり、脇差から手を放した。その脇差を取ると、狗石鬼は碓井の頭めがけて、力一杯投げつけた。

ばしっと乾いた音がして、脇差の柄が碓井の頭を打ち砕くと、うっと呻《うめ》いて碓井は動かなくなった。

狗石鬼の掌《てのひら》が切れて血がほとばしっていた。

狗石鬼はそれから少しの間生きていた。

「酒呑童子様、ほどなく、おそばに、酒呑童子様――」

それが今際《いまわ》の言葉だった。

攫われた娘たちは、地下に設《しつら》えられていた座敷牢《ざしきろう》に囚《とら》われていた。お福の姿もあった。

「お福」

「兄さん」

「よかった、よかった」

「兄さんのおかげよ、ありがとう」

二人は抱き合って泣いた。

――これで手鞠や羽根突き遊びにつきあった思い出が、悲しいものにならずに済んだ――

父親の悪事に手を貸していた碓井の娘美薗は、源時たちが助けだそうとした時、

「もう、人買い船は来ていた。あと少しだったのに――」

と悔しそうに顔を歪めると隠し持っていた毒を呷《あお》って死んだ。

美薗が攫われたことにしたのは、攫った娘たちを見張ると同時に、疑いを向けさせないためであり、用心深い碓井父娘《おやこ》は、狗石鬼には、この絡繰《からく》りを伝えず、娘たちを拐す折、永元堂に顔を見られていた中間を殴り殺させた。

自害した美薗からは、文《ふみ》と一緒に永元堂に届けられてきたという香の匂いがした。

「狐鬼も騙されることがあるのだな」

楽田はざまあ見ろと言わんばかりな口調とは裏腹に、治郎右衛門を哀れむ複雑な表情を見せた。

――やはり繊細な人、いや鬼だ。心優しい――

死んだ狗石鬼は、柴犬《しばいぬ》ほどの大きさの犬に変わっていた。楽田は亡骸を引き取

ると、戸口に飾ってあった銀の置物と一緒に甕《かめ》に入れ、自分の畠の隅に葬った。

「死んでも弔いのない鬼とは哀しいものだ」

その際、ぽつりと呟いた。

それから、何日かして、重い病気の母親を抱えるおひなが、源時の留守中に役宅を訪ねてきた。

「何でも、戸口に永元堂のと同じチョウセンニンジンが、束になって置いてあったそうよ。あなたのはからいだって思ってて、何度も何度もお礼を言った上にこれ——」

稀世はおひなが持参したという、重箱一杯の牡丹餅《ぼたもち》を見た。蓋を取ってみると、餡が惜しみなくまぶされている。

——そうか、楽田が——ああは言っていても、やっぱり心優しい。そうか、こちらもよかった——

「楽田園に届けてくるよ」

——楽田は餡好きなはずだ——

源時は自宅を出た。

――鬼が見えるのはもうこりごりだと思いつつ、楽田狼太の鬼顔に限っては、もう一度見てみたい気がしないでもない――

第二話　鬼の声

一

年が明けて寒さが一段と増した。

松が取れて、しばらくした頃、源時《げんとき》が早目に奉行所《ぶぎょうしょ》から役宅へと戻ってみると、玄関の上がり口に三味線《しゃみせん》が立て掛けてあり、診療を終えた稀世《きよ》が厨《くりや》で汁粉《しるこ》を煮ていた。

「わざわざ、小豆《あずき》とお砂糖を買ってきてくだすったんですよ」

「お義姉《ねえ》さんのお汁粉、うちのより美味《おい》しいんだもの」

隣りに立っているお福《ふく》がふふっと笑った。

「そう言ってくださるのはうれしいんですけど――」

稀世が困惑気味に目を伏せたのは、源時たちの両親《ふたおや》が、お福が稀世と親しくするのを快く思っていないからであった。

両親《ふたおや》は今でも、医家の奉公人だった孤児《みなしご》の稀世が、老舗《しにせ》唐物《からもの》問屋《どんや》海老屋《えびや》の惣領《そうりょう》である源時にふさわしい嫁と見なしていない。

たとえ、同心《どうしん》になった源時が海老屋を継ぐことなど、まず、無いとわかっていてもである。

「あんなことがあった後に寄り道はよくない、懲《こ》りない奴だ。それに、おまえは三味線の稽古《けいこ》始めの帰りだろう？　付き添いの佐助《さすけ》はどうしたんだ？」

源時は妹を咎《とが》める口調になった。

「毎年、稽古始めの日はお稽古の後、御師匠様《おっしょさん》があたしたちに早目の夕餉《ゆうげ》をだしてくださることになってるでしょう？　いつもは終わるまで待ってる小僧の佐助も、この日ばかりは、暮れの七ツ半（午後五時頃）になるまで迎えに来ないし、今年は御師匠様に急な御用ができて好都合。だから、こうして――」

お福はふふっと笑った。

「暮れ六ツ（午後六時頃）までには店に戻るんだぞ」

「わかってる。お汁粉を食べて、ちょっとしたお願いをしたら帰るわ。兄さんに送ってもらえば、おっかさんたち、かえって喜ぶはず――」

「是非、そうなさいませ」

稀世が微笑んだ。

「実家《さと》には正月におまえと二人で挨拶に行ったじゃないか」

「もっとゆっくり、お話しされてきてください」

慎ましい物言いで夫の実家《さと》帰りを促《うなが》した稀世は、

「さあ、出来ました。あちらでいただきましょう」

椀に汁粉を注《つ》ぎ分けて盆に載せ、座敷へと運んだ。

三人は、あつあつの汁粉を口に運んだ。

「コクがあるのにくどくない。さっきも言ったけど、お義姉さんのお汁粉って、どうしてこうも美味しいのかしら？　秘訣《ひけつ》は何なの？」

お福に訊《き》かれて、

「小豆はアクが強いでしょう。それで、アク取りのためにさっと煮るんです。その加減が小豆によって違うような気がして、アク取りの時を、小豆を見てから決めるようにしてるんです。ですから、秘訣なんてものはありませんよ」

稀世は恥ずかしそうに応《こた》えた。

「ところでおまえのお願いというのは何なんだ？」

佐助と行き違いにならないうちに妹を送って行きたい源時は、二椀目に箸を付けているお福を促《うなが》した。

「明月亭希朝《めいげつていきちょう》――」

お福が呟くと、

「まあ――」

稀世が大きく目を瞠《みは》って、

「患者さんから聞いています。傾きかけていた寄席《よせ》の明月亭さんが希朝で持ち直したとか――。高座の希朝は、屏風《びょうぶ》の陰に隠れていて姿は見せないものの、噺《はなし》の中身もその声も素晴らしいんだそうですね」

知らずと頷いていた。

「そういえば、奉行所でも希朝、希朝と、噺好きな連中が話しているのを耳にしたことがある」

「兄さん、あたし、どうしても、その明月亭希朝の噺を聴きに行きたいの!!」

お福は甲高《かんだか》い声を出した。

「噺好きな方々だけではなく、若い娘さんたちまでもが希朝に夢中なのだそうです。声が何とも——何っていうか——」

言いかけて稀世は顔を赤らめたが、

「色っぽいんですって」

お福はずばっと言い切って、

「三味線や長唄《ながうた》のお稽古で顔を合わせる、お美代《みよ》ちゃんに、お佐和《さわ》ちゃん、奈津《なつ》実《み》ちゃん、みーんな、希朝を聴きに行ったのよ。あたしも行きたいって言ってみたけど、おとっつぁんやおっかさん、小商人《こあきんど》の娘のお美代ちゃんたちとあたしは違うって言い張って、頑《がん》として許してくれないの」

「希朝の出番は夜の部ですから、案じられるのも無理はありません」

稀世はお福の顔を見ないようにしてひっそりと呟いた。

「そんなのわかってる。でも、嫌、つまらない。このままじゃ、あたし一人だけ、取り残されちゃう。だから、お願い、兄さん、何とかして、おとっつぁんたちを説き伏せて聴きに行けるようにして」

とうとう、お福は源時に向けて両手を合わせた。

こうして、源時は明月亭希朝のことで両親を説得する羽目になった。

「心配だ」

二兵衛《にへえ》は腕を組んだまま仏頂面《ぶっちょうづら》で、

「一度あることは二度、二度あることは三度というし、また、この前のようなことが起きたら、今度こそ、あたしは生きていられません」

六江《むつえ》は震え声を出した。

「佐助だけでは心もとないでしょうから、わたしたち夫婦が付き添いますよ」

「しかし、二人だけではな――」

「ならば、力自慢の手代《てだい》を何人か連れて、おとっつぁん、おっかさんも一緒に来てはいかがです？」

「それなら、考えてみよう」

やっと二兵衛と六江は首を縦に振った。

役宅に戻ってこの経緯《いきさつ》を話すと、

「よかった。さぞかし、お福さんは喜んだことでしょう。お義父《とう》様、お義母《かあ》様がおいでなら、わたしは遠慮した方が――」

稀世はまたしても目を伏せたが、

「それには及ばない。おまえは楽しそうに希朝の話をしていた。おまえだって希朝が聴きたいはずだ」
「ありがとうございます」
源時の優しさが嬉しかった。

海老屋一家と源時夫婦、総勢十人が明月亭希朝の噺を聴きに行ったのは、如月《きさらぎ》に入って五日目であった。

夕刻すぎて稀世と連れ立って明月亭を訪れるとすでに長蛇の列である。

席亭に出迎えられた。

「わたしが席亭の吉平衛《きちべえ》でございます。このたびは、わたしどものようなむさくるしい寄席に、海老屋様ほどの大店《おおだな》の皆様にお運びいただきまして、ありがとうございます」

吉平衛は緊張のあまり、掠《かす》れた声を精一杯張り上げた。

――まずい――

源時は思わず顔を伏せた。

吉平衛の口が狼鬼《おおかみおに》や狐鬼《きつねおに》同様、耳まで裂けていたからであった。まさしく鬼の証《あかし》である。

ただし、突き出た牙は小ぶりで、両目は赤くもなければ吊り上がってもいない。丸くて怯《おび》えたように見える小さな目である。顔全体に生えている毛も短く薄かった。よく肥えてはいたが背丈は低い。

――鼠鬼《ねずみおに》か？――

そう思ってやっと、相手の視線に気がついた。

――俺が四天王《してんのう》とわからないはずもない――

拐《かどわ》かされた妹を助けようと必死になった時以来、源時には鬼が見える。古来、鬼の討伐隊である四天王は、顔つきで鬼を判別できるだけだが、五感の優れた鬼の方は気配でこちらを察知してしまうのである。

源時は顔を上げて鼠鬼の吉平衛を見た。

鬼はそこいらじゅうにいて、初対面の源時には皆、怯えた表情になった。なぜか、源時は鬼と、心と心で話すことができる。猫鬼《ねこおに》などは言葉もなく、すぐに逃げ去るのだったが、時には金縛りにあったかのように身動きできなくなり、

――わたしは何も悪いことはしていません、ほんとうです。三代前に遡《さかのぼ》っても

人の肉は口にしていません。お願いですから、殺さないでください、殺さないで、お願い――

白髪の女狼鬼に命乞いされたこともあった。

今も吉平衛の顔は蒼白である。

――あなたは四天王、鼠鬼のわたしを殺すのですか？　覚悟はできています

――

ただし相手の胆《きも》は据わっている。

――たしかにわたしは四天王だが、市井《しせい》の人たちを護《まも》る定町廻《じょうまちまわ》り同心でもある。だから、悪事を働かない限り鬼といえども殺しはしない。今日は希朝の噺を妻や両親、妹たちと聴きに来ただけだ――

――希朝はいい噺家です。どうか、存分に聴いてやってください――

吉平衛の緊張がほぐれて、耳まで裂けていた口がややすぼまった。

鬼たちの多くは強度の緊張や憤怒《ふんぬ》等、切迫した精神状態に陥った際に、凄まじい鬼の顔になる。

「さあ、こちらでございます」

源時たちは二列目の席に案内された。

二

「かぶりつきではないのか？」

父の二兵衛はやや不機嫌になった。

「すみません、あいにくとかぶりつきは明月亭《うち》が苦しい時に通ってきてくだすった、馴染《なじ》みのお客様方のご予約席でして」

吉平衛は丁寧《ていねい》に頭を下げた。

席に座った源時の目の前に、まずは見たことのあるがっしりした背中が迫った。

――もしや、これは楽田狼太《らくだろうた》――

続いて横一列に並んでいる鬼たちの後ろ姿がぶるぶると震え始めた。

かぶりつきの客たちは全員鬼で、源時が四天王だと気づいたのである。

楽田が振り返った。

「やはり、八丁堀の旦那でしたね。入って来られた時、皆さんの中で、お一人だけ刀を帯びておられたのでもしやと気になってたんです。その節は――」

楽田は敬語こそ使ったが、その節はの先を世話になったとは続けなかった。

お福を救うために助力を得たのは源時の方だったからである。

「その節はありがとうございました」

この場では源時が言えない礼の言葉を、稀世が口にして深々と頭を下げた。

「おや、知り合いなの？」

姑《しゅうとめ》の六江が不審そうに嫁を見遣《みや》って、源時は、はらはらしたが、

「こちらは、それはそれは質のよい、チョウセンニンジンをお作りになってるんです。つい最近、特別に分けていただいたのです」

難なく稀世は乗り切った。

一方お福は、

「お美代ちゃんたち、今日も来てるかもしれない」

立ち上がって後方の席を見回した。

「あ、来てる、来てる、三人とも。お美代ちゃーん、お佐和ちゃーん、奈津実ちゃーん」

手を振ろうとしたお福が前のめりになって転びかけたので、中腰になった源時が支えて助けた。

その時、後方で手を振っている三人の姿が目に入った。

――兎鬼《うさぎおに》――

口が耳まで裂けている以外は、白い毛と長い耳、つぶらな赤い目が愛らしい兎鬼たちであった。

向こうも源時に気がついた。

――し、四天王――

――こ、殺さないで――

お美代と奈津実は腰を抜かしかけた。

――でも、どうして、あんた、海老屋の後を継がないで同心になったっていう、お福ちゃんの兄さんの格好してんの？　四天王の兄弟姉妹は四天王のはずなのに、お福ちゃんは違うわよ――

一人お佐和は気丈《きじょう》だった。

――それは俺もわからないが、悪さをしない鬼まで成敗《せいばい》する気はない。今日は人気者の希朝の噺を家族で聴きに来ただけだ――

源時は三人に伝えた。

――ほ、本当でしょうね？――

――し、信じられない――

お美代と奈津実はまだ震えている。

——信じてほしい——

——わかったよ——

お佐和が応えると、

——それと四天王の俺の妹だからということで、この先、お福を避けたりしないでほしい——

源時は強く押した。

——四天王の妹が四天王じゃないっていうのは、おかしな話だけど、お福ちゃんとはこれからも仲良くするよ、ね、みんな——

お佐和は二人に賛同をもとめ、

——あたし、いつも上等なお菓子分けてくれるお福ちゃん大好き——

——いいよね、お福ちゃんの無邪気で鷹揚《おうよう》で、誰に対しても優しく親切なとこ——

お美代と奈津実は落ち着きを取り戻し、

——どうか、よろしく頼みます——

源時は心の中で頭を下げた。

それからほどなく、高座に屏風《びょうぶ》と座布団が運ばれ、いよいよ希朝の噺が語られることとなった。

演目は〝狐の恩返し〟とある。

座布団の上には扇子《せんす》が載っているだけで、〝狐の恩返し〟は屏風の向こうからの声で始まった。

「カリカリ、コリコリ、コリカリ、――庭先で一人の年老いたお坊様が弁天《べんてん》様を彫っておりました。弁天様というのは有り難い女の神様で、菩薩様よりも位が低い分、親しみやすい美女神の印象を受けます」

一瞬にして、ややざわついていた小屋の中がしんと静まり返った。

――低めの男の声だというのに、何という美声なのだろう――

源時はいきなり、心《しん》の臓《ぞう》を鷲づかみにされたような感動を覚えた。

「出来上がったその弁天様を庭に祀《まつ》っていると、老いた狐が現れて、弁天様に向かって両手を合わせる仕種《しぐさ》を毎日続けておりました。年老いた狐には、この弁天様が若き日に恋い焦がれた憧れの美女狐のようにも、あるいは縁あって子をなして、もうこの世にはいない連れ合いのようにも見えたのかもしれません。一方、お坊様の方は狐は騙《だま》す一方の狡《ずる》くて悪い生き物だということになっておりますので、その様子に初めのうちは夢でも見ているのではないかと思っておりましたが、日が経つにつれ、その信心深さを見てとって、たいそう感じ入りました。それで、経文《きょうもん》の一つを極めたら、狐が気に入っている木彫りの弁天様をくれてやる約束をしたのです。狐のことゆえ、木の葉に一文ずつ書いて覚えるのです。お坊様は二十一日はかかるだろうと狐に告げて始めました」

希朝の淡々とした語り口が重厚な美声を引き立てている。

「狐は、木の葉を持参して経の一文を書いてもらいに毎日通ってきました。二十一日が過ぎても、まだ、お坊様は経文を書き終わりません。とうとう二十二日目に狐は現れなくなりました」

希朝の声が悲しげに翳《かげ》った。

――まさか、狐の辛抱《しんぼう》が切れたのでは？　――

源時はすっかり、希朝の噺の虜《とりこ》になっている。

「何日もお坊様は狐を待ちました。それでも狐は現れません。お坊様は庭の弁天様を見るたびに、どうしているのだろうかと狐を案じておりました」

――よかった。こっそり、弁天様を盗もうと思いついたのではなかった――

「そして、とうとう、狐が心配でならないお坊様は森へ踏み入って、狐を探しました。〝弁天狐やーい、弁天狐やーい〟と大声を張り上げましたが、狐の出てくる気配はありません。狐の巣穴を覗《のぞ》いて歩きました。たいていの巣穴は狐が狩りに出ていて空《から》でした。それでもお坊様は諦めず、〝弁天狐やーい、弁天狐やーい〟と呼びかけて、森の奥の奥にある巣穴まで辿《たど》り着きました。すると、風が吹いてその巣穴の中から、経文が書かれた木の葉が一枚飛んで出てきました」

――ああ、やっと探し当てたのか。それにしても狐の奴、手の焼ける弟子だな――

源時がほっと胸を撫で降ろしたのもつかのま、

「〝弁天狐やーい〟、お坊様は悲痛な声を上げました。応えはなく、巣穴から狐は出てきません。お坊様はこれ以上はないと思われる悲しげな顔で、両手でそろそろと巣穴の上の土を取り除け始めました。はっと一瞬手を止めたのは、かさついた狐の毛に触れてしまったからです。ああ、何と、土を取り除《の》けた巣穴の中には、有り難い経文が書かれた木の葉を敷いて、あの狐が寿命が尽きて息絶えていたのです」

――狐の信心、報《むく》われなかったじゃないか。こ、こんなことってありかよ――

ぎゅっと両手で袴《はかま》の両膝を摑《つか》んだ源時は泣きたくなった。

「お坊様はこの時、狐は迫り来る死が恐ろしくてならずに、弁天像や木の葉の経文に救いをもとめていたことがわかりました。弁天像がそばにあったら、どんなに心強かったろうと思われてならず、ただただこの狐が哀れでした。それで狐と一緒に、約束の弁天像を葬り手厚く供養しました」

――まずはよかった――

源時はほっとした。

「しばらくして、夢に出てきた狐はおかげさまで成仏《じょうぶつ》できたと礼を言い、お礼にと温泉の出る場所を教えてくれました。お坊様もご高齢でしたので、有り難く、足腰の痛みを癒すために毎日のようにこの湯に通いました。不思議なことにこの湯に浸かっていると、死んだはずの狐の姿が見えました。驚いたことに夢に描き、像に彫った弁天様までが、天女《てんにょ》のように微笑んでおられるのが見えるのです。あ、弁天様――」

――年老いたお坊様にも、きっと、若き血潮《ちしお》がたぎる相手がいたのだろう――

この時、源時は希朝のうっとりとした口調が艶《なま》めかしいと感じた。

「それから、日々、お坊様は幸せでした。お坊様は、自分も、また老いた狐のように死が恐ろしく、一人が寂しかったことに気がついたのです。お坊様の命は、この湯に浸かっている時に、ふっと蠟燭《ろうそく》の火が消えるように断ち切れました。それは恐れも不安も孤独もない、最高に幸せな一時《いっとき》だったのです。こうして亡くなったお坊様の亡骸《なきがら》は、弁天様の艶《あで》やかな微笑みの中に吸い込まれて消えました。これはちょうど夕刻で空には七色の虹がかかっていたと言います。以来、このお湯は虹色弁天の湯と言われ、入浴中、狐とお坊様が虹に包まれるのが見えれば、安楽にあの世へ行けるのだと信じられ、多くの村人たちの身体と心を癒《いや》し続けたのでした」

ここで希朝の噺は終わり、しばらくの間、小屋の中はしくしくと泣いたり、鼻を啜《すす》ったりする声で溢れ、割れるような拍手喝采が鳴り響いたのは、四半刻《しはんとき》（三十分）ほど後のことだった。

お福や稀世だけではなく、二兵衛や六江も目に袖《そで》を当てていた。

源時は自分だけは泣くまいと懸命《けんめい》に歯を食いしばっていたが、一度溢れ出した涙はもう止まらなかった。

三

「よい噺でしたね」

帰り道で稀世が言った。

「噺の筋はよくあるものなのだろうが、語り口が絶妙だ」

二人にはまだ感動の余韻《よいん》が残っている。

「今日のは恩返しの噺でしたが、中身が反対でも、聴く方はすっかり夢中にさせられてしまうのだそうです」

「他にどんな噺をしているのか？」

「患者さんが褒めていたのは〝かみそり狐〟。髪結《かみゆ》いを装って村人たちに声をかけ、丸坊主にしてしまう悪い狐たちの噺でした。一人騙されずにいた若い男が狐退治に出かけ、狐が若いお嫁さんに化けて、枯れ草を赤子に変えたのを見てしまうのです。倅《せがれ》からその話を聞いた姑《しゅうとめ》は、お嫁さんと赤子《あかご》のお孫さんの目の前で、杉の木片を燃やして正体を暴こうとします。これでお嫁さんとお孫さんは焼け死んでしまうのです。お坊様が駆け付けてきて、男と姑を慰めていると、男は出家することを決意、最後に残っていた男まで丸坊主にされたという落ち噺です」

「丸坊主にされた？　赤子は枯れ草で、焼け死んだように見えたのは、狐が化かして見せた幻で、嫁、姑、坊主まで狐だったというわけか？　何だか、胸くそ悪い悪戯《いたずら》狐噺ではないか——」

「筋だけですとそうなんですけど、男のお嫁さんは器量《きりよう》好《よ》し、狐たちは全部若い雄《おす》で、そのお嫁さんに叶《かな》わぬ横恋慕《よこれんぼ》で悶々としていたり、たった一人で自分たちに立ち向かおうとする男の勇気に、狐たちが男惚れしたりと、なかなか面白く泣き笑いさせる傑作なんだそうです。三人の雄狐たちのそれぞれの持ち味がいいんだとか。こればかりは聴いてみなければわからないそうですよ」

「なるほどな」

折を見て稀世を誘って、また聴きに行こうと源時は決めた。

向島《むこうじま》の穂家屋《ほけや》で主《あるじ》の滑右衛門《かつえもん》が死んで見つかったのは、それから数日経った朝のことであった。

「旦那、旦那、大変です」

役宅に走り込んできたのは下《した》っ引《ぴ》きの花吉《はなきち》であった。

定町廻り同心の手下《てか》は岡《おか》っ引《ぴ》きと決まっているが、隠居資金のために、源時に同心株を売った同心と共に働いていた岡っ引き貞次《さだじ》の方も、高齢で、卒中《そっちゅう》で倒れてからは病臥《びょうが》の身であった。

その貞次が使っていた下っ引きが花吉で、不慣れな様子で十手《じって》を握りながら、精一杯、親分の代わりを務めている。

「いつも、ご苦労様」

幼い頃、両親を亡くした花吉は、手塩にかけて育ててくれた祖母も最近亡くし、以来、飯らしい飯を食べたことがないというのを聞いて、稀世は何かと気にかけていた。

「どうぞ、上がって」

「急いで一緒に飯を食おう。話は食いながらしてくれ」

源時は座敷から花吉に声をかけた。

「どうぞ、どうぞ。今日は花吉さんの好きなべったら漬けもあるのよ」

花吉はおどおどした様子で、にこにこしている稀世に招き入れられた。

源時は口が両耳まで裂け、目ばかりぎょろぎょろと大きく、両手足が馬鹿に長い、長身で痩せぎすの若者と向かい合った。

花吉は蚊蜻蛉鬼《かとんぼおに》なのである。

意識していなくても、緊張すると口が裂けて鬼の形相になる。

はじめて顔を合わせた時は変わった風貌《ふうぼう》だと思っただけだったが、源時が〝見える〟ようになった時、

――旦那、四天王だったんですね。四天王は生まれついた時は鬼なんて見えないのに、何かの弾《はず》みで見えるようになるんだって、祖母《ばあ》ちゃんから聞いてた。旦那は力が目覚めて、それでおいらの正体が見えるんだね。おいら、見ての通りのちっぽけな蚊蜻蛉鬼なんだ。四天王とおいらたち鬼は昔々から仇《かたき》同士だから、今、すぐ、殺されても仕方ねえけど、四天王や鬼の中には上手《うま》くやってける同士もいるって、これも祖母ちゃんが言ってた――

胆が据わっていた明月亭の席亭、吉平衛同様、花吉は意外に冷静だった。

――自分が四天王だとわかって、まだ日が浅く、正直驚いてる。知り合ってからずっと、おまえはよくやってくれてきた。俺たちは悪を許してはならないという信念で結びついている。俺が四天王でおまえが鬼だからって、今までの絆《きずな》が緩《ゆる》むなんてことはあり得ない――

源時は思ったままを相手に伝えた。

――ありがとうございます――

この時、花吉は震えながら涙ぐみ、源時は鬼は狼鬼や狐鬼の獣鬼《けものおに》だけではないことを知った。とりあえず虫鬼《むしおに》もいる。

そんな虫鬼の中でも最弱の部類に入る蚊蜻蛉鬼の花吉は、

「すみません」

いつものように痩せの大食いの大特技を発揮しながら礼を言い、穂家屋滑右衛門が死んで見つかった話をしつつ、葱《ねぎ》の味噌汁とべったら漬けで釜の飯を全部平らげてしまった。

「さて、急ぐぞ」

役宅を出た二人は大川端《おおかわばた》から向島へ向けて舟に乗った。

若い色黒の船頭は目まで黒目がちで、舟を漕《こ》ぐ両手に力を込めるたびに、口が耳まで裂けている。

この舟に乗っているのは源時たちだけである。

源時の他は蚊蜻蛉鬼の花吉だけだから、人目を憚《はばか》って心と心で話をする必要はなかった。

「旦那、十手持ちの四天王ですね」

「そうですけど、ここは川の上ですからね」

船頭はちらっと花吉の方を見た。

「川の上ではさしもの四天王も力を出せないと思って、脅《おど》して身を護ろうとしてるんだろ。おいらも同じ鬼仲間だから、四天王のこの旦那を、ほんとはよくは思ってないって決めつけてるんだろうけど、そんなことないんだ。あんたが櫂《かい》をこっちに打ち下ろして、旦那を川の底に沈めようとしたら、おいらは身体を張って旦那を護る。この旦那は四天王だけど、退治するのは悪い鬼だけなんだ。真面目に働いてる鬼たちまで殺しやしないよ」

蚊蜻蛉鬼の花吉の口も裂けた。

「鬼なら、誰かれかまわず酷《ひど》く殺すのが四天王なんじゃないのか?」

「船頭さん、古いよ。そんな昔々の話、誰に聞いたの?」

「ずっと前に死んだ祖父《じい》ちゃん」

「船頭さんの祖父ちゃんの頃はまだ、そういう間柄だったかもしんないけど、その頃からずいぶんと時は過ぎてるんだよ。世の中だって泰平《たいへい》が続いてるんだし」

花吉はけろけろと笑った。

「狸鬼《たぬきおに》か?」

「ほんとうだな。ほんとうにここにいる四天王は危ねえ奴ではねえんだな」

なおも船頭は念を押して、

「ほんとだよ。誰が危ない四天王なんぞ庇《かば》うもんか」

花吉は腋《わき》の下に冷や汗を滲ませながら、舟が向島の岸に着くまで笑い通した。

向島に船が着くと、

「穂家屋の寮はこの梅林を抜けた先です」

花吉が先に立って歩き始めた。

穂家屋は女子《おなご》の入浴には欠かせない鶯《うぐいす》の糞を商《あきな》ってきた老舗《しにせ》である。

糠袋《ぬかぶくろ》に入れた鶯の糞で身体を洗うとしっとりと滑らかな玉の肌になる。

梅林を含む広大な別宅を所有しているのは、鶯の糞の商いだけではなく、裏で高利の金貸しをしてきたからであった。

市中の岡場所《おかばしょ》の何軒かを、忠勤を励《はげ》んだ奉公人たちに任せ、貸し倒れになりそうな借り手には特別な証文を、その相手の妻や娘の身体で払わせているのだという。

綻《ほころ》びかけている梅の花の芳香《ほうこう》を嗅《か》ぎながら、二人は穂家屋の寮の門を潜《くぐ》り抜けた。

門から玄関までも、石畳の両脇に梅の木が連なっている。

「御免」

源時は玄関で大きく声を張って、

「南町《みなみまち》奉行所から、主の穂家屋滑右衛門の骸《むくろ》を検分《けんぶん》に参った」

「はい、只今」

一足先に駆け付けてきていた大番頭《おおばんとう》らしい中年者が深く腰を折って出迎えた。

後ろに何人かの手代が控えている。

――おっ、またしても――

中年者を見た源時は、叫びそうになりかけて目を伏せた。

口が裂けている中年者の顔は薄い緑青色で、白目が赤みがかった丸い目が神経質そうに瞬《まばた》きしている。

白い頭上の毛は若い頃からまばらだったに違いない。

――お、お許しください――

中年者はあっと叫んでへたりこみそうになった。

「大番頭さん」

手代たちが中年者の身体を支えた。

口の裂けていない手代たちは鬼ではない、人である。

「お年齢《とし》の大番頭さんはお疲れなので」

手代の一人が非礼を詫びた。

――安心しろ、わたしは四天王としてではなく、奉行所役人として参った――

源時が中年者だけに心の中で話しかけると、

「お見苦しいところをお見せしてしまいました。てまえは穂家屋の大番頭嘉吉《かきち》と申します。亡くなられた旦那《だんな》様のところへご案内いたします」

嘉吉はしゃんとなって二人を中へと招き入れた。長い廊下を歩かされた二人が、梅の間と書かれた部屋の前に立つと、

「旦那様の梅の木道楽は御存じかと思います。気に入った梅の古木《こぼく》を紀州《きしゅう》から運ばせて、花の時季にはここへ詰めて愛《め》でるのがお好きでした。何と鶯鬼《うぐいすおに》の旦那様は梅の香《か》に包まれてお亡くなりになったんです」

嘉吉は一度手を合わせた後、ゆっくりと襖《ふすま》を開けた。

四

梅の間の縁側からは庭が見えた。

四方にがっしりとした枝を広げた梅の古木が、岩石のように迫っている。蕾《つぼみ》が綻びかけている芳《かぐわ》しい香りが、開け放たれた座敷の中へと流れ込んでいた。

「どうぞ、お入りください」

嘉吉は廊下に立ったまま、怯えた目をしている。

源時は四天王の自分にまだ、警戒《けいかい》しているのだと早合点したが、

「大番頭さんが梅を嫌いだなんてことはないよね」

花吉は首をかしげた。

もとより、鬼同士は会ったとたん、相手の正体を察することができる。

「旦那さんもそうだったと思うけど、梅の花は一年に一度の贅沢《ぜいたく》な口福《こうふく》だろうし、心も身体も解放されて、梅の枝に飛び乗って囀《さえず》る夢も見られるはずだもの——。おいらたちが水溜まりや水辺を好きなのと同じだ」

「それはそうではございますが——中をご覧になっていただければわかります」

嘉吉が中へと入ろうとしないでいると、

「大丈夫ですか？」

手代が二人、廊下を歩いてきた。

「ここはわたしに任せて、大番頭さんは休んでください」

年嵩《としかさ》の手代が若い方に目配せすると、嘉吉はその場を離れた。

「それでは、どうぞ」

手代は先に立って縁側に急いだ。

「旦那様はあのように」

目を伏せた手代の背後から、二人は仰向《あおむ》けに倒れている穂家屋滑右衛門の骸を見た。

死んでいる滑右衛門の顔は白と黄色がぶちになって見えた。割れた卵の黄身と白身、殻がべったりと貼りついているのである。

「駆け付けた大番頭さんは、一目《ひとめ》見るなり、気分を悪くして倒れてしまいました。大番頭さんは忠義心の強い方でしたので無理もございません。それでも、お役人方がいらしたので、臥《ふ》していた床から無理やり起き上がってこられたのです」

「骸を検《あらた》める!!」

源時が庭に下り、花吉が続く。

その際、土の上の足跡を確かめると無数に付いていた。これでは、殺しだとしても、足跡から下手人《げしゅにん》を辿ることはできない。

まずは傷や打撲《だぼく》の有無を調べた。

どこにも見当たらない。

銀の匙《さじ》を口中に差し入れたが、色はそのままで黒くは変わらなかった。

毒は使われていない。

近くに血や吐瀉物《としゃぶつ》の痕《あと》もなかった。

最後に目を調べたが溢血点《いっけってん》は見つけられなかった。

そうなると、滑右衛門は殺されたのでも、食中《しょくあた》りや脳卒中で死んだのでもないということになった。

顔に貼りついている卵汁や殻だけが手がかりだった。

ちなみに人の外見のままで死んだ後の鬼の顔は、四天王の源時が見ても、常日頃の人の顔に戻っている。

「卵だらけだけど、この仏さん、穏やかないい顔してるね」

花吉が呟いた。

「たしかに――。旦那様は厳しいお方でしたので、てまえどもは、こんなお顔を拝見しことがありません」

　手代が頷《うなず》くと、

「これ、死んでから時がそこそこ経ってるってことか、よほど苦しまないで死んだかだよ。でも、卵を顔にぶつけられて、喜んで死ぬなんてことないと思いますけど」

　花吉は源時を見た。

「滑右衛門はいつからここにいるのだ？」

　源時が訊《き》くと、

「日本橋《にほんばし》の店を出られたのは三日前のことですが」

　手代がそこで言い淀《よど》んだ。

「知っていることの隠し立ては許さぬぞ」

　源時は押した。

「申しわけございません。旦那様はこの時季に限らず、大番頭さんに店を預けて、お出かけになることが多いんです。向島へ行くというのは方便で、たいていは元《もと》鳥越町《とりごえちょう》の妾宅《しょうたく》へおいでです」

手代はおずおずと話を続けた。

「方便《ほうべん》を使うのはお内儀《ないぎ》さんの手前か？」

「いいえ、旦那様は妻帯《さいたい》されたことがありません。いつもてまえたちに、女房、子どものことを考える暇があったら、一心に働けとおっしゃっていて。ですから、妻帯した者には、手の平を返したような扱いです。どんなに働いても、給金は下げられこそせよ、上がりません。旦那様の妾宅の話は禁忌《きんき》でした。向島へ行くと言ったら、ああ、そうなんだと皆、内心、合点《がてん》するだけでした」

「妾宅には暮らしに欠かせない金品の届け物などあるだろう。その役目は大番頭の嘉吉が任されていたのか？」

「ええ、たぶん。その件については、大番頭さんも一言も洩《も》らしませんし、てまえどもも知りたいことではありませんでしたから」

冷や汗をかいている手代は、これ以上は勘弁してほしいという表情になった。

「もう一つ訊く。向島が妾宅の隠語なら、なにゆえ、滑右衛門の骸が妾宅ではないここで見つかったのだ？」

源時は手代を強く見据えた。

――大番頭以外の鬼ではない奉公人たちは鷲鬼の主を恨んでいたはずだ――

「この近くの者が垣根《かきね》の隙間から中を見たら、人が倒れていたという報《しら》せを受けたからです。まさかとは思いましたが、大番頭さんと一緒に駆け付けたんです」

「その近くの者とは？」

「納豆売りの子どもです」

淀みなかった。

「誰かに頼まれたのではなかろうな？」

「いいえ、朝、早くに通りがかって覗き見たと言っていました。大きな梅の木がいつ花をつけるかと、気になって仕方なかったそうでして――。こちらは、鶯色の茶羽織《ちゃばおり》姿だったという身形《みなり》を聞いて、旦那様に違いないと思いました」

「最後だ。滑右衛門を恨んでいた者に心当たりはないか？」

源時はずばりと訊いた。

「それなら、克次《かつじ》かもしれません」

「克次とは？」

「けむし長屋に住む若い衆で、病気の祖母《ばあ》さんの薬代のために金を借りにきたんだそうです。婆さんは薬代が続かず、結局は死んで、借金だけが残り、克次は奉公で返すことになりました。旦那様は、〝これが若い娘なら儲けもあったんだが〟

と苦虫を噛み潰したような顔をされていました。それもあって、とにかく、この克次の扱いが酷くて、酷くて——。一言も口から言葉を出してはいけないと言い渡して、何かあると、すぐに物差しで背中や手を打ち据えるのです。その折檻《せっかん》のほとんどが、旦那様の気分、または憂《う》さ晴らしで、てまえたちは見て見ぬふりをするしかなかったんです。あれでは、旦那様を恨まぬ道理はないはずです」

「その克次は今、まだ、ここに？」

「三月《みつき》ほど前に、寄席の明月亭の席亭さんが店に来て、借金に利子をつけて引き取って行きました。あの頃はまだ、今や一世を風靡《ふうび》している希朝も明月亭には出ていませんでしたから、席亭さんも懐《ふところ》具合はそうよくなかったはずです。親戚縁者でもないのに、よくもそこまでするものだ、とてまえたちは感心しました」

「よく、話してくれた。礼を言う」

そう言い置いて、源時は花吉と共に向島を離れた。

「薬代が続かなくて祖母さんが死んだのは、穂家屋の主が、もう駄目だって、借金をさせなくなったからだろ。俺だって克次なら穂家屋を恨むよ。可哀想《かわいそう》だけど、下手人は克次で決まりですね」

帰りの舟上で花吉が切なそうに言った。

両国橋《りょうごくばし》で舟を下りた二人は明月亭のある両国広小路《りょうごくひろこうじ》に向かった。

幸いなことに吉平衛の住まいは明月亭の裏手にあった。

源時が穂家屋滑右衛門が死んだ話をすると、

「それが何か？」

吉平衛は泰然《たいぜん》としていた。

慣れたのか、人の顔のままである。

そこで源時は、借金のカタに奉公させていた克次に対して、滑右衛門がことさら、酷く当たっていた事実を話し添えた。

「それで見かねたあんたは、克次の借金を肩代わりしてやったんだろうが――」

この時、源時は吉平衛が克次の恨み晴らしに手を貸した疑いもあると見ていた。

吉平衛の口が裂けて、鋭い前歯が剝《む》きだしになるのではないかと思って身構えたが、

「そうですとも。ですけど、旦那、わたしだって、あの時は小屋を手放すしかないとまで思い詰めてました。見かねて、可哀想なだけで克次を助けたわけじゃあないんです。克次のめんどうを見るようになってから、わたしにも、明月亭にもすっかり、運が開けまして――」

顔色に喜色のようにも見える鼠色が混じっただけだった。

「まさか——」

源時と花吉は顔を見合わせて、

「克次が明月亭希朝!!」

同時に叫んでいた。

五

「ははは、そのまさかなんです。克次は噺小僧でね、小さい時から噺が好きで好きで、明月亭に通ってきてくれていました。でも、あいつがあんなにも、よく出来た面白い噺を思いついて、生まれながらのいい声で、玄人《くろうと》はだしに噺せるとは思ってもみませんでした。こっそり、練習してたんでしょうが、天分ですよ、天分。克次は穂家屋に奉公する前に、自分で創《つく》った噺をわたしのところへ預けていきました。わたしもしばらくは、忙しくしてたんで、目を通したのはあいつが奉公に出てからしばらく過ぎてからでした。夢中で読み通して、これはイケる、明月亭の救い手になって、商《あきな》いの立て直しができるかもしれないと思ったんです。

それで他所《よそ》で借金をして、克次を迎えに行きました。そのことを恩に着て、克次は明月亭を名乗っているし、ほかの寄席には出ないのです。後は御存じでしょう」

「昨日、克次が何をしていたか知りたい」

源時は鋭い問いを向けたが、

「穂家屋のご主人が亡くなられたのは昨日で、場所は向島の寮だとおっしゃいましたね。その日、克次は高座で希朝をつとめていました。お疑いなら、噺をお聴きになっていたお客さんが何人もおいでです」

吉平衛はこれ以上はないと思われる愉快そうな物言いをした。

「本当ですよ」

源時たちは玄関口に立っていたのだが、急にその背後から声がかかった。

「永元堂《えいげんどう》のご主人――」

吉平衛は当惑顔を相手に向けた。

「あら、ま、八丁堀の旦那、お久しぶりです」

狐鬼で薬種問屋《やくしゅどんや》の主である永元堂治郎右衛門《じろうえもん》の白粉《おしろい》臭い狐顔が白々《しらじら》しく迫った。

欲張りで女癖の悪い治郎右衛門に源時はいい印象を抱いていない。

「昨日の希朝の高座、あたしはかぶりつきのど真ん中で聴いたんです。〝狐の恩返し〟、ますます磨きがかかってきてましたよ。何ていい噺なんでしょ。途中、何度も泣きました。それでね、ご主人、次回の希朝の高座は、あたしの招待客だけで貸し切らせてくださいよ。決して、損はさせませんから」

治郎右衛門はぺろりと赤い舌で唇を舐めた。

「お仲間だけというのはちょっと――。他のお客さんにも楽しんでいただかないと」

吉平衛は渋い顔で首を横に振った。

「こんなにあたしが感激してて、大きく贔屓《ひいき》にしてやろうっていうのを、袖《そで》にするのかい？　いいよ、もう、頼まない」

治郎右衛門はぷんぷん怒って吉平衛の家を出て行った。

「貸し切りの大仕事、ふいにしていいのかな？」

花吉が他人事《ひとごと》ながら、惜しそうなため息を洩らすと、

「希朝だって、いつも狐の噺ばかりするとは限りません」

吉平衛は真顔で毅然《きぜん》と言い切った。

「邪魔をした」

源時と花吉も治郎右衛門に続いて家の外に出た。

「これじゃ、いくら克次が怪しくてもしょっぴくことはできないですね。何の証もないんだから——」

　花吉がぶつぶつと呟いた。

「おまえは穂家屋の主の死に顔を見て、そこそこ時が経っているかもしれないと言っていたな。主が死んだ時、向島の穂家屋の寮に奉公人は一人もいなかった。ならば、死んだのは別の場所で骸になってから運ばれ、ぶつけたかのような卵の細工が顔に施されたのかもしれない。向島へ戻って、人や物の出入りとか、そのあたりのことを調べてみてくれないか？」

「合点承知」

　今にも走り出そうとする花吉に、

「穂家屋の主は鶯鬼だった。鶯鬼が梅の木好きなことはわかった。それ以外で、鶯鬼について知っていることはないか？」

　源時は死人の顔の卵汁と殻、そして不明な死因が気にかかっていた。

「祖母ちゃんは、人の数より鬼の数の方が多いって言ってましたけど、それ以上、くわしいことはわかんないです。それより、旦那は四天王ですよね？　四天王は鬼退治が仕事だから、どの四天王の家でも、先祖代々、鬼についての巻物を受け継いでるって言いますよ。それにはきっと、いろんな鬼のことがくわしく書いてあるはずです。探せば、旦那の実家のどっかにあるんじゃないですか？」

「探してみよう」

　こうして、花吉と別れた源時は実家の海老屋へと向かった。

「あら、兄さん、いらっしゃい」

　お福が飛びついてきた。

「今、カステーラの到来物《とうらいもの》があったのよ。兄さん、好きだったでしょ？」

「残念だが今日は仕事だ」

　源時は不満そうなお福に構わず、まずは祖父八兵衛《はちべえ》の仏壇に手を合わせてから、

「お役目で祖父《じい》ちゃんの遺《のこ》した書物が見たいんです」

　父の二兵衛に断って蔵の鍵を借りようとすると、

「おとっつぁんは死ぬ前に鍵のかかる長持ちを作らせた。大事なものは、一切合切そこに納まっているはずだ」

　長持ちの鍵も合わせて握らせてくれた。

　錆《さ》び付きかけている長持ちの錠前《じょうまえ》をやっとの思いで開けると、〝渡辺源時殿〟と記《しる》された文《ふみ》が出てきた。

文には以下のようにあった。

これをおまえが読む時、わしはもうこの世にはいない。そして、おまえは海老屋の惣領《そうりよう》ではなく、四天王の使命に目覚めていることと思う。

察していると思うが、おまえは海老屋の血筋ではない。おまえとの出会いを話そう。

嫁の六江が何年も出来なかった孫を初めて身籠もり、産気づいて三日三晩苦しんでいた折、わしは二兵衛にそばについていてやるように言い、代わりに、霊岸《れいがん》島《じま》に用足しに出かけた。用を済ませてちょうど神社の前を通った時だった。

〝助けてください、助けて〟という女の声が聞こえ、わしは足を止めた。

わしが声のする神社の裏手へと回ってみると、髪を乱した若い女が肩口から脇腹にかけて傷を負いながら、赤子を抱きしめていた。

赤子は男の子でそれがおまえだったのだ。

そこまで読んだ源時はああ、やっぱりと、絶望に近い孤独な気持ちになって、大きなため息をついた。

文は続いている。

人を呼ぼうとすると、〝それは駄目です。そんなことをしたら、宿敵である鬼に気づかれてしまいます。お願いです。この子を、この子だけを助けてください。この子は、生まれたばかりで、まだ四天王の使命に目覚めていないので鬼には気づかれず、ここを出て、どこへ行っても大丈夫ですから。そして、この子が成長して、四天王になったら、お堂の奥に張られた色の変わった羽目板《はめいた》を外して、中に隠した巻物を渡して、両親の生き様《ざま》を伝えてやってほしいんです〟とその女は言って、息も絶え絶えになり、塚のように盛り上がっている場所を示した。

〝わたしが死んだら、どうか、あそこへ葬ってください。あそこにはこの子の父親も眠っています〟

そう言い遺して女は死んだ。

その時のわしはなぜか女の話を信じた。

子を遺して死んでいった女の必死な願いを叶えてやろうと思った。

大きな鍬《くわ》も近くに置いてあったので、わしは盛り上がっている場所を懸命に掘った。

驚いたことに幾体もの人骨が出てきた。

女の連れ合いでおまえのおとっつぁんもそのどれかなのだろうとは思ったが、その時はまだ、なにゆえ、こんなに沢山の人骨が埋まっているのかまではわからなかった。

わしは約束を果たすと、おまえを抱いて、店に戻った。


読み進んだ源時は、もはや、海老屋の血筋ではないという件《くだり》を読んだ時ほどの衝撃は受けなかった。

実の親は二人とも鬼に斃《たお》されていたと突然報《しら》されても痛みは感じない。

源時にとって、両親といえば、やはり、多少、物の言いにくい、伝えにくい時はあっても、二兵衛、六江夫婦であった。

ふと、大きな鉞《まさかり》を背負った異形《いぎょう》の男と一緒に、深夜、川岸で巨大な鳥鬼《とりおに》を成敗したことを思い出した。

あんな、他人《ひと》が聞いたら誰も信じないような事もあったのだから、神社の裏手が特殊な墓地になっていても、不思議はあるまいと思った。

源時は読み進んだ。

わしが店に戻ると真っ青な顔の二兵衛が飛んで出てきて、〝おとっつぁん、赤子が——六江が——〟と告げた。

どこからも赤子の声は聞こえてこなかった。

その時、おまえがおぎゃあと元気よく一泣《ひとな》きした。おぎゃあ、おぎゃあと泣き続けて空腹を訴えている。

二兵衛の目が輝いた。

〝おとっつぁん、その子は男の子ですか？〟と訊き、わしが頷くと、〝よしよし、いい子だ、いい子だ、今、すぐ、おっかさんのところへ連れて行ってあげるからね〟とおまえに話しかけながら、産室の六江のところへと連れていった。

こうして、死産で初めての子を失い、お産の疲れと落胆《らくたん》が高じて、とろんとした目つきのまま、一言《ひとこと》も言葉を発せずにいた六江は救われた。

死んだ男の子は戒名をつけずに菩提寺《ぼだいじ》に葬られ、六江は、おまえを死にかけて蘇《よみがえ》った自分の子だと信じ続けて今日に至っている。

「おっかさん」

六江への感謝で源時の目に涙が溢れた。

六

八兵衛が源時に宛てた文はまだ続いている。


それからしばらくは初孫を囲んで穏やかな日々が続いた。

一年が過ぎた頃、わしはおまえを託された神社へと足を向けた。

稲荷が祀られていない、神社だった。

おまえのおっかさんが今際《いまわ》の際《きわ》に遺した、とうてい信じられない話を確かめるためだった。

亡くなった者たちへの供養《くよう》の気持ちもあったが、海老屋の跡取りとして育っているおまえが、いったい何者なのか知りたかった。

わしはお堂に入り、羽目板を外した。

たしかに何本もの巻物があった。

最初の巻物を解《ほど》いたとたん、ぞっと身がすくんで心の臓が凍りつくかのようだった。

恐怖のためだった。

寺で見せられる地獄絵とて、これほど恐ろしくはないだろう。

巻物には、さまざまな鬼の風体と習性、成敗の方法が四天王の対決談として、こと細かく書かれ、絵まで添えられていた。

巻物はどれも太く分厚かったが、はじめの一巻を読んだだけで止《や》めた。吐き気がしてきたからである。

酒呑童子《しゅてんどうじ》を成敗した四天王誕生談は、単なる昔話として読んだが、以後、気の遠くなるほど長い年月、鬼たちと闘い続けた四天王たちの姿には恐怖を覚えた。

大きな鉞を背負い腰の曲がった、年齢の検討もつかない皺だらけの男——鬼と闘うには、自身も鬼に近づかなければならぬのかと思うと、あどけない赤子の行く末に暗雲を感じた。

おまえの母は、我が子はいずれ、四天王の使命に目覚めるだろうと言っていた。その運命に逆らえぬとすれば、おまえの育て方は考えなければならないとわしは思った。

わしはおまえを道場に通わせ、この江戸で渡辺綱《わたなべのつな》の末裔《まつえい》を捜し出した。血縁が途絶えてからは、養子で存続してきたその渡辺家が同心だとわかった時、いずれ、同心株を買う手筈《てはず》を整えておいた。海老屋の跡取りにすることを断念したのだ。

もちろん、二兵衛と六江には、そのことを伝えずにいた。長じたおまえを奉行所同心にすると告げると、二兵衛たち、特に六江は聞き入れようとしなかったが、わしの最後の頼みであり、妹のお福に三国一《さんごくいち》の婿《むこ》を迎えるという話で折れた。

そして、四天王の血筋を引くおまえが、元祖四天王渡辺家を継ぐこととなった。

ここで八兵衛の文は終わっていた。

何とも素っ気ない終わり方だ、案じる言葉の一つもあっていいのではないかと源時は不満だったが、〝自分にはそんな使命があったのだ。生母が命がけで自分を守り、これ以上はない慈《いつく》しみをもって、二兵衛と六江が自分を育ててくれたと知り、涙がとめどもなく流れた。祖父ちゃんも複雑な想いだったのだろう〟と思い直した。

源時は二兵衛に礼を言って、鍵を返すと、霊岸島へと走った。

——たぶん、あそこだろう——

その場所とは、四天王仲間と凶悪非道な鳥鬼を成敗した後、仲間の追撃から逃げ果《おお》せるにはこれしかないと、夜道を飛ぶようにかけて飛び込んだ神社であった。

——稲荷のない神社はあのあたりではあそこだけだ——

行き着いた源時は鳥居を潜《くぐ》った。

空気がしんとなって急な静寂に包まれる。

源時はまっすぐ、お堂へと進んで中へ入った。

——あの時は少しも気づかなかった——

一緒に逃げた怪異な仲間と共に鬼たちの動きが鈍《にぶ》くなる明け方まで、じっと身を潜めていたのもこの神社だったのである。

源時は躊躇《ためら》わずに色の変わった羽目板を外し、中から巻物を取り出した。

紐を解いて読み始めた。

——たしかにな——

鬼たちの凄まじい形相が精緻《せいち》に描かれている。祖父が震え上がるのも無理はなかった。

源時も日頃から鬼など見えず、鳥鬼との決死の闘いとも無縁であったら、恐怖に囚われた後、虚《うつ》け者《もの》の悪い夢幻だと切って捨てていたかもしれない。

だが、鬼が見える今の源時は冷静沈着に巻物を広げていく。

――くわしく読むのは今後のことで、とりあえずは鶯鬼について知りたい――

するすると巻物を広げ続けた。

――あった!!――

巻物を半分ほど広げたところで、鶯鬼について書かれている箇所が見つかった。

若い時から薄毛の頭部と薄緑色の顔、意外に鋭い牙のように見える嘴《くちばし》が両耳まで裂けている。

まさしく鶯鬼だった。

以下のように書き記されているのが目に飛び込んできた。

鶯鬼は時鳥鬼《ほととぎすおに》に限って加虐性《かぎやくせい》がある。出遭えば必ず、時をかけて、死に至るまで虐待する。

これは鶯鬼の本家本元、先祖の鶯が時鳥に卵を抱かせられ、雛《ひな》が生まれてからも育てさせられるからである。

託卵《たくらん》の恨みゆえである。

これと関わって、鶯鬼にとって、卵と名のつくものはすべて命取りになる。

鶯鬼の成敗に卵は欠かせない。

また、時鳥鬼から卵を顔に投げつけられると、一瞬にして、絶命するという言い伝えもあるが、真偽のほどは定かではない。

「これだ!!」

思わず源時は叫ぶと巻物を元に戻して、両親が眠っているという塚に向けて手を合わせると、穂家屋へとひた走った。

穂家屋では店を閉め、主の通夜の支度で大わらわであった。

「何か?」

向島の寮で話をした手代が、迷惑そうに翳りかけた顔に、精一杯の笑顔を浮かべている。

「一つ、二つ、訊き忘れたことがある」

「何でございましょう?」

「滑右衛門は卵料理を食べたか?」

「滅多にないご馳走ですが、てまえたちも時折、いただきます」

「滑右衛門のことを訊いているのだ」

「てまえたちに食べさせてくだすって、旦那様が召し上がらないことなんて、ありはしないと思いますが」

「滑右衛門の膳部の中身は誰も知らぬのか？」

「専用の厨が離れにございますので」

「料理をしているのは？」

「大番頭の嘉吉さんです。嘉吉さんなら、旦那様のことはもう何でも御存じですから。それに嘉吉さんは旦那様と出会う前は、板前の修業をしていたと聞いていますし。あんなに口うるさかった旦那様が膳部のことで、文句をおっしゃるのは聞いたことがございませんから、嘉吉さんはよほどの腕なのでしょう」

「ところでその嘉吉は？」

「まだ、向島にいます」

「通夜の仕切りもせずに？」

「嘉吉さんほど尽くされていたら、旦那様の死は堪《こた》えるはずです。しばらく、旦那様が最期を迎えた場所にいたいと言い、枕から頭が上がらない様子なので、通夜はてまえたちが引き受けるからと言いました。嘉吉さんはあそこで旦那様の供養、一人通夜をなさるでしょう」

「最後に一つ、昨日、嘉吉は店にいたか？」

「朝から駒込《こまごめ》まで商いに出かけましたが、夕方近くには戻ってきました」

「よく話してくれた、礼を言う」

源時は穂家屋を離れた。

番屋《ばんや》に立ち寄ると、まだ花吉は帰ってきていなかったが、しばらくして、やっと腰高障子《こしだかしょうじ》が開いた。

「あ、旦那、戻ってたんですね」

「どうだった？　向島の方は？」

「いろいろ聞き回ったんですけど、この何日か、穂家屋の寮の近くで大八車《だいはちぐるま》を見た奴はいなかったです。轍《わだち》の跡も見つからなかった」

「穂家屋の寮に入ってった奴はいなかったか？」

「今は梅の時季で、穂家屋の梅林は見事だから、骸を見つけた子どもじゃなくても、始終、人が庭をうろついているんで。うじゃうじゃいすぎて、誰が怪しいかなんてわかんないです」

「駄目だったか――」

「向島は無駄足でしたが、元鳥越町の方はわかったことがありました」

「元鳥越町というのは、滑右衛門が妾を囲っていたところだろう？」

「そうそう。上方《かみがた》から連れて来られて、三月前から囲われてるっていう、滑右衛門の若い妾っていうのが、近所の噂になるほどいい女だったんですよ。おいらも一度会いたかったたな」

「会えなかったのか？」

「一昨日から姿を消しちまったそうですけど、旅姿を見たっていう人もいました。その女ちょっと怪しくないですか？」

「それは、その女が向島で見かけられていればの話だ。それほどの美女なら、向島でも誰かが覚えているはずだろう？」

「話はまだあるんです。その女の旅姿を見たっていう人は、大番頭の嘉吉と連れ立ってたっていうんです」

「主の妾の世話をするのも大番頭の仕事だが、旅姿の女と連れ立っていたというのは腑《ふ》に落ちないな」

「それに、その時、その女も大番頭も涙を流してて、別れを惜しんでたっていうんだから、ますます変ですよ。女の趣味を疑いますよ。何も、親父ほど年齢の違う相手に惚れなくなって、若い男は人でも鬼でもいくらでもいるっていうのに――」

——ああ、そうだったのか——

源時は何ともやりきれない想いで立ち上がった。

「これから向島だ」

「えっ？　また、おいらも行くんですか？　今日はもう二度も行ったんですよ」

「いや、俺一人で行く。舟を頼みたいが鬼ではない船頭にしてほしい」

「合点」

花吉は船宿へ向かって走り出した。

七

向島はもうすっかり夜の闇に包まれていた。

仄《ほの》かな梅の香を吸い込みながら玄関口に立った源時が、

「渡辺源時だ。邪魔をする」

大声を張ると、

「よくおいでくださいました」

迎えた嘉吉は薄緑色に禿《は》げた頭部を深々と下げた。

「てまえも八丁堀《はっちょうぼり》に誰ぞをやって、おいでいただこうか、と考えましたものの、それでは、明日になってしまうから、文にしたためるしかないと、今、ちょうど、墨をすりはじめたところでした。できれば、誰かに聞いていただきたい話なので、こうしてお目にかかれたのは幸いです」

源時は古木を見上げる梅の間で、嘉吉と向かい合って座った。

「よい香りでございましょう？　てまえたち鬼は人とは比べものにならぬほど、匂いに敏感なので、よい香りとなるともう夢中になるのです。目もよく利きまして、梅や桜の花が盛りの頃は、人のように火で照らさずとも、夜目《よめ》で花姿の美しさを楽しむことができるんです」

嘉吉は穏やかな口調で語った。

「鬼の風流についての話はそれくらいにして、大番頭のおまえが主を殺した理由《わけ》を教えてくれないか」

源時は腰の十手を膝の上に置いた。

「そうでございましたね。あなた様はその御用でおいでになったのでした――。たしかにおっしゃる通り、主殺しの大罪を犯したのはてまえですので、包み隠さずお話ししなければならないのですが、この香りに包まれているとつい、思い出してしまい、それが辛くて切なくて、たまらない気持ちになるんです」

嘉吉の口から堪《こら》えていた嗚咽《おえつ》が洩れた。

「大元は板前時代にあるのではないかと思っている」

源時は促した。

「その通りでございます」

嘉吉は歯を食いしばって嗚咽を止めると、

「当時、てまえには所帯を持ったばかりの女房がいて、両国で小さな飯屋を切り盛りしていました。自分の女房をこんな風に言うのは何なのですが、小町《こまち》と呼ばれた器量好《よ》しでその上、気は優しく働き者、てまえには過ぎた女でした。梅の花を背にした錦絵《にしきえ》に描かれたこともありました。ところが繁盛すると欲が出て、もっと大きな店にしようと、てまえは稼ぎを元手に博打《ばくち》に手を出しました。勝って儲けていたのは最初だけで、気がついてみると借金で首が回らなくなっていました。このままでは女房が岡場所《おかばしょ》行きになるだけではなく、てまえも簀巻《すま》きにされて大川へ放り込まれる、そこまで来た時、思い余った女房は、通ってきてくれていた穂家屋滑右衛門、旦那様に相談したんです。ああ、てまえさえ博打になぞ手を出していなければ――」

嘉吉は悔恨のため息をついて先を続けた。

「旦那様はてまえが女房と離縁すること。その後、女房が上方の年老いた金持ちに縁づき、店を畳んだてまえが穂家屋に奉公に上がれば、借金は肩代わりしてやるとおっしゃいました。その時のてまえたちには、心中でもする以外、言う通りにするしか道はありませんでした」

「女房のその後は？」

「たとえ相手は年寄りでも、何不自由なく暮らしているものと、つい最近までてまえは思っておりました。とにかく、ずっと女房が恋しかったので、あの時、女房が旦那様に相談したのは、甲斐性《かいしょう》なしのてまえと別れて、贅沢三昧《ぜいたくざんまい》の暮らしを夢見ていたからだと邪推《じゃすい》し、時折、恨んだこともございました。旦那様はお客様として来られている時から、酔うと必ず、女房に、〝あんたほどの器量と気立てならどんな出世もできる、何なら、わしが仲立ちしてやる〟とおっしゃっていましたから」

「辛いな」

「ええ、辛いなんてものではありませんでした。再び、女房を貰わずにこの年齢《とし》まで来たのは、旦那様に倣《なら》ってのこともありますが、女というものを信じられなくなったからです。でも、三月前、元鳥越町の旦那様の新しいお妾に会った時、自分の浅はかな誤解に慄然《りつぜん》としたんです」

「会ったのは、一緒に歩いて泣いて、旅立たせたという相手だな」

「名前は波留《はる》と言いました。十五歳です。一目見て、わたしは波留が恋しい女房の生んだ娘だとわかりました。目元や口の涼しさがそっくりだったからです。鶯鬼の波留の声はわたし似でした。女房と別れたのは十六年前、波留はてまえたちの可愛い娘だったんです」

「その波留から母親の話を聞いたのだろう」

「はい。女房はもう、この世にはいませんでした。波留が幼い頃、働きすぎが祟《たた》っての重い病《やまい》で亡くなったそうです。女房は死ぬまで遊郭《ゆうかく》の女郎《じょろう》だったのだとわかりました」

「年寄りの金持ちに縁づかせるというのは嘘だったのだな」

「波留に会ってすぐ、てまえは旦那様に抗議しました。すると、旦那様は、〝わしの商いを見ていて、気づいているとものとばかり思っていた。あの女ほどの上玉は、年寄りの囲い者に売るよりも、女郎にして稼がせた方がよほど儲かるからな。おまえと別れさせた後、腹に子が出来ているとわかったが始末はさせなかった。生まれてみて器量好しなら育てさせようと決めた。母親似の波留はいい娘になった。対面も叶ったのだから、おまえは、わしが女房と別れさせてやったのを、ありがたく思ってほしいものだ〃と平然と言い切ったんです」

嘉吉の口が両耳まで裂けて鶯鬼の形相になった。

「それで殺そうと思い詰めたのだな」

俺でもそうするだろうと源時は思った。

「このままでは娘までも、母親と同じ道を行くのだと思うと、もう、矢も楯もたまりませんでした。何とかしなければなりません」

嘉吉の鬼顔はそのままである。

「それで命取りになる卵を使うことを思いついたのだな？」

「はい。本家本元の鶯は、時鳥に卵を抱かされた上、その雛まで育てさせられる習性があるので、てまえたち鶯鬼にとって卵は禁忌なのです。たちまち喉が腫《は》れて息が出来なくなります。それで、てまえたちは口にすればただちに死につながる卵料理とは一生無縁です。旦那様が板前のてまえを大番頭にまで取り立ててくだすったのは、毎日の膳部に卵料理があってはならなかったからです。また、この秘密は、奉公人を含む誰にも知られてはなりませんでした」

「おまえの勧めならば、滑右衛門は何も怪しまずに卵を仕込んだ料理を口にしたはずだ」

「その通りです。それに旦那様は見立ての卵料理、特に卵焼きもどきがお好きでした。これは卵の代わりに、山梔子《くちなし》の黄色味を移した豆腐を使います。これに梅干しと酒で煮だした煎《い》り酒を少々、砂糖をたっぷり加え、つなぎに小麦粉を振り入れ、四角い型に入れて一度蒸し上げた後、油を引いた鉄鍋で裏表に焦げ目をつけたものです」

「昨日、おまえは滑右衛門とここで落ち合って、その卵焼きもどきを拵《こしら》えたはずだ」

「旦那様は昨夜、波留のところへ泊まるはずでした。てまえはもう、これ以上、波留を穢《けが》されたくなかったので、有り金全部を持たせて、波留を旅立たせた後、卵焼きもどきに目のない旦那様をここへ呼びました。梅と酒に卵焼きもどきは旦那様にとって至福のはずですので、上機嫌で、波留もここへ連れて来いとてまえに命じました。しかし、もどきではない、正真正銘の卵焼きを勧めたとたん、ぱくりと摘《つま》んで口に入れ、その後は御存じの通りです」

「滑右衛門の骸を庭に引き出して、顔に卵がぶつかったように見せたのはなにゆえか？」

「別れる時、波留にきっと一緒に暮らせる日が来るからと言い、てまえも心のどこかでその夢が叶えばいいと思っていました。せめて一度は、女房の墓に手も合わせたかったんです」

「急に捕まりたくなくなった？」

「はい。それで、残りの卵焼きを重箱ごと隠し、庭に運んで、顔に卵で細工しました。旦那様が以前、旧怨《きゅうおん》の時鳥鬼の克次に酷かったことを思いだしたからです。番屋や捕り方にも鶯鬼はいて、旦那様の死に方に不審を抱くかもしれないが、こうしてさえおけば、いざとなった時、克次のせいにできると逃げ道を作ったんです。今となっては、我ながら愚かなことをしたものです。駆け付けてきたのが、四天王のあなたで、鬼が見えるその眼力で、いずれは真実に行き着くだろうとすぐにわかりました。他の鬼に罪を着せようとしたことへの罰《ばち》が当たったんだと思い知らされました」

　裂けていた口が元に戻り、嘉吉はしばらくがっくりと頭を垂れていたが、

「そうでした、お茶がまだでしたね」

　厨へと立った。

このまま嘉吉は戻らなかった。

源時が厨へ入ってみると、卵焼きの入った重箱を抱えた嘉吉が床に倒れて死んでいた。

口の裂けていない嘉吉の顔は、安らかそのものに見えた。

源時はこうした経緯を鬼に関わる事柄だけを抜いて、ほぼありのままを上司に告げ、この事件はよくある、主殺しと見なされた。

花吉にだけは真実を話すと、

「それって、あんまりだ。波留が逃げられたのはよかったけど、酷い滑右衛門のせいで、幸せを滅茶苦茶にされた嘉吉や女房が可哀想すぎる、この顚末《てんまつ》、切なすぎますよ」

大きなため息が返ってきた。

弥生《やよい》に入って雛節句《ひなせっく》が終わった頃、源時は念願の希朝の〝かみそり狐〟を聴くことができた。

事件を無事解決して下手人を挙げ、希朝の嫌疑を晴らした御礼にと、吉平衛が招いてくれたのである。

――おっ――

我ながら驚いたのは、高座に衝立《ついたて》が設《しつら》えられると、今まで見えなかった衝立の向こうが見えることだった。

――四天王の力がついてきたのか？　――

たしかに希朝の顔が見える。

――なるほどな――

鶯鬼よりもやや顔の大きい時鳥鬼は垢抜《あかぬ》けない印象で、噺している間、ずっと口が裂け続けている。

怖いという形相ではなかったが、聴く者の魂を揺さぶるような美声や口調とは、縁もゆかりもない醜貌《しゅうぼう》であった。

源時は目をつぶった。

時鳥鬼の顔は消えて、源時の頭の中で、希朝の声が物語を紡《つむ》いでいく。

佳境は狐たちが挑戦者である男の妻子を、姑に焼き殺させる場面であった。

いつしか、狐の一人は滑右衛門の顔になり、男は嘉吉に、妻子は結髪《けっぱつ》の項《うなじ》まで美しい、後ろ姿の妻と娘の二人で、めらめらとした炎に包まれ泣き叫んでいる。

――そうだ、たしかにあんまりだ――

源時は花吉の言葉に頷いて、これは狐の悪戯にすぎず、実は妻子は死んでいなかったというくだりで、わあと上がった声援を、はるか遠くで聴いた。

源時の涙は鼻といわず、喉といわず、耳まで塞《ふさ》ぎそうに流れ落ちている。

——うーん、希朝、これでも、また、俺を泣かせるとは——

すると、突然、

——嫌ですよ、旦那。そうそう、かみそり狐を悪者《わるもの》にしないでくださいよ、あたしたちの立つ瀬がないじゃないですか。この手の話は楽しんでくれないと——

桟敷《さじき》のどこかにいるはずの狐鬼永元堂治郎右衛門の声が聞こえてきた。

——やはり、俺の四天王力は強まっている——

源時は確信した。

第三話　鬼の饗宴

一

上野《うえの》は、桜見物の客でひしめきあっていた。

たいそうな人出なので見廻《みまわ》りの応援として源時《げんとき》も駆り出されていた。

薄桃色の雲がかかっているように見える桜の花の下では、団子屋、甘酒屋、汁《しる》粉屋《こや》等の甘味処の出店《でみせ》や、天麩羅《てんぷら》、蕎麦《そば》、田楽《でんがく》などを売る屋台が軒を並べている。

こういう場所では掏摸《すり》や置き引き、酔っ払いの喧嘩が多いので、特に見廻りは厳重にしなければならなかった。

「旦那《だんな》、まあ、一杯」

甘酒屋の主《あるじ》が差し出してくれた湯呑《ゆの》みを手にした源時は、清水観音堂《きよみずかんのんどう》のあたりを行きつ戻りつしている。

「そんなことおっしゃったって、払ってもらわなきゃ、困るんですよね」

天麩羅屋の屋台から声が上がった。

源時が駆け付けていくと、年齢《とし》は三十歳ほどで、周囲を圧するような巨体がのっそりと立っている。

町人髷《まげ》は崩れかけていて、身体に合わないつんつるてんの着物は、損料屋《そんりょうや》から借りているのだとすぐわかる。

「ごめん、悪かった」

男はぺこぺこと頭を下げた。

「あんた、食い逃げは御法度《ごはっと》だよ」

天麩羅屋の主は怒りの余り顔を歪《ゆが》めた。

「食い逃げ？　そんなつもりなかったよ。ただ、俺、腹が空いてて、銭、もってなかっただけで」

「そういうのを食い逃げって言うんだよ」

主の両目と両眉が吊り上がった。

――これで口が裂ければ、容易に人も鬼になるな――

「誰か、お役人を呼んでくれ。こいつを番屋《ばんや》に突き出すんだ」

主が意気込んだ。

──出番だ──

源時が一歩踏み出した時、天麩羅屋の屋台に向けて、小走りに追い抜いていった者があった。

禿《は》げた薄緑色の頭部に見覚えがある。

──鶯鬼《うぐいすおに》にしては大きな頭の鉢《はち》だから、時鳥鬼《ほととぎすおに》？──

源時は時鳥鬼と思われる男に手を引かれて逃げ出した巨体を追いかけて、二人が話している場所近くまで来た。

「権太郎《ごんたろう》さん、ここはもう大丈夫です」

時鳥鬼が背伸びをして、権太郎の肩に手をかけた。

──この声は希朝《きちょう》？──

源時は時鳥鬼をじっと見た。

口が裂けていないので噺《はなし》をしている時ほど醜《みにく》くはなかったが、人好きのしない陰気な顔をしている。

「あんた誰だっけ？」

権太郎はくるくるとよく動く大きな目を瞠《みは》った。

「お忘れですか？　いつぞや、助けていただいたあの克次《かつじ》ですよ」

「克次？　思い出したよ。穂家屋《ほけや》の小僧だった克次？」

「そうでございます。あの時は使いの途中でしたが、食うや食わずの毎日でしたので、今にも倒れそうでした。それで饅頭屋《まんじゅうや》の前を通った時、思わず涎《よだれ》が出てきて立ち止まったんです。すると、饅頭屋から出てきたあなた様、権太郎さんが、〝小僧、好きなだけ食べろ〟とおっしゃって、買ったばかりの饅頭を袋ごと渡してくれました。あの饅頭のほかほかと美味《おい》しかったことといったら――」

希朝の声は掠《かす》れた涙声まで趣きがあった。

二人は天麩羅屋の屋台まで戻ると、

「ご主人、これで」

希朝は素早く、主に過分な天麩羅代を握らせた。

中身を確かめた主は、

「あんた、いいお友達がいて何よりだったね」

権太郎に言い置いて、

「これはもう、終わり、終わりだよ。何でもない、何でもない」

取り巻いていた野次馬たちを追い払った。

「ありがとよ」

権太郎は希朝に頭を下げた。

「何をおっしゃいます。権太郎さんから受けたご恩に、少しばかり報《むく》いさせていただいただけでございます。あの時は来る日も来る日も辛い日々が続いていたので、権太郎さんの情けが身に染《し》みました」

「そんなこともあったような気がするな。あん時はたまたま銭を持ってたんだろう」

「こんな優しい人もいるのかと、あの饅頭の袋がどれだけ、生きていく励《はげ》みになったかしれません。この先、何か、お困りのことなどございましたら、どうか、ご遠慮なく、両国広小路《りょうごくひろこうじ》の明月亭《めいげってい》までわたしを訪ねてきてください」

「今は明月亭で奉公してるのかい？」

「下足番《げそくばん》ではございますが」

さすがに希朝はうつむいて立ち去った。

――何と、出番がなくなってしまった――

二人の話を聞いていた主が、

「いい話を聞いたよ。こうなりゃ、こっちも饅頭袋にあやかろうかね」

天麩羅を詰めた袋を権太郎に渡した。

「これは有り難い」

権太郎はすぐに袋から天麩羅を出してむしゃむしゃと食べ始めた。

源時は権太郎の見事な食いっぷりを見つめていた。

ほどなく、権太郎が源時の視線に気づいた。

顔に変化が現れた。

耳がやや尖り、目が赤みを帯びて見開かれ、口が裂けて牙が剝《む》き出る。

——狼鬼《おおかみおに》に似てはいるが——

源時が知っている狼鬼の楽田《らくだ》狼太《ろうた》は、それとは比較にならないほど精悍《せいかん》な印象である。

目の前の権太郎は鬼の顔になっても目尻が下がっていた。何とも愛嬌のある顔をした狼鬼である。

——まあ、狼鬼もさまざまなのだろう——

源時がそう思った時、

——へえ、やっぱり、四天王っているんだね——

権太郎は暢気《のんき》に話しかけてきた。

――俺もこの世に鬼のいることを知ったばかりだ――

――それじゃ、お互い、はじめて同士のびっくりだね――

言葉とは裏腹に権太郎は大して驚いていない様子だった。


それから何日かは何事もなく過ぎた。

源時が花吉《はなきち》と連れ立って見廻り先から役宅へ戻ろうとしていると、近くの材木置き場からうんうんと唸《うな》る声が聞こえてきた。

呻《うめ》き声のする方を確かめてみると、あの権太郎が血を流して横たわっている。

「しっかりしろ」

すぐに助け起こした。

「いったい、どうしたんだ？　誰かに襲われたのか？」

「いいや。ここに来てほしいって、子どもに言われたんだ。そうしたら、急に材木が上から落ちてきただけで――」

ここで権太郎は気を失った。

急ぎ特大の戸板《といた》が用意され、怪我をした権太郎は稀世《きよ》のいる源時の役宅へ運び込まれた。

傷や打ち身を調べた稀世は、

「頭は打っていないから大丈夫。手当をして養生すれば治ります」

材木の角でついた傷を縫って、打ち身に湿布《しっぷ》をし、後は化膿《かのう》を防ぐ薬と痛み止めを煎じて飲ませた。

眠りにつく間際に、

「誰か報《しら》せる者はいないのか？」

源時が訊《き》くと、

「楽田狼太は友達だ」

一言《ひとことも》洩らした。

——まあ、共に狼鬼同士なのだから、友達であってもおかしくはないだろう

———

源時は楽田を訪ねて権太郎の話をすることにした。

夜道を歩いて高輪《たかなわ》にある楽田の家の近くまで来た。

そよそよと吹く春風に乗って、何者かの気配が感じられる。

気配は楽田家の門の前まで来ると、一層濃く強くなった。

そして、門の中に一歩、足を踏み入れたとたん、突風のような足蹴りが頭、首、肩、胸、腹へと食い込みかけた。

まともに受けていたら、確実に殴り殺されていたはずだった。

源時は気配のない、裏手の薬草園に逃げた。

相手は追ってくる。

月明かりの下で敵の顔が見えた。

華奢《きやしゃ》な女の形《なり》だが、その顔は紛《まぎ》れもなく、狼鬼の凄まじい形相《ぎようそう》であった。

殺戮《さつりく》の欲望で赤い舌がぬめぬめと濡れている。

これほど獰猛《どうもう》な鬼の顔を見たのは、鳥鬼《とりおに》との闘いを除くと、はじめてであった。

空から落ちてくる足蹴りが繰り返された。

そのたびに源時は躱《かわ》し続ける。

しかし、共に疲れが出てきた。

はあと互いに荒い息をつきかけた時、

「美優《みゆ》も八丁堀《はっちょうぼり》も、いい加減にしてくれ、俺が大事にしている薬草園だぞ」

駆け付けてきた楽田が大声を張った。

――美優？　この女鬼《おんなおに》の名？　楽田の知り合いなのか？　――

一瞬怯《ひる》んだ源時の頭を、踏み潰そうと飛びかけた美優の足を、

「やめておけ」

楽田が素早く払った。

楽田の顔は眉と耳に変化は出ていたが、口は裂けておらず、その目はむしろ悲しげに見えた。

二

「この男は知り合いだ」

楽田の言葉に、

「四天王が知り合い？　そんなことがあるものか――」

美優は狼鬼の顔のままである。

「怪我はないか？」

楽田は源時を案じてくれた。

「おかげさまで」

「まあ、上がれ」

楽田は二人を座敷に上げた。

「今、気持ちを落ち着ける茶を淹《い》れよう」

楽田が淹れてきた香りのいい茶を啜《すす》ると、どくどくと打っていた速い脈がおさまって、不思議に気分がくつろいできた。

「干しておいたヒロハラワンデル（ラベンダー）を煎じたものだ」

楽田は美優にもこの茶を勧めた。

「飲めやしない、こんな不味《まず》いお茶。あたしは兎の搾《しぼ》った血がいい」

「そう言わずに飲んでみろ」

なおも勧められて美優は渋々一口飲んだ。

美優の顔が変わった。

人の顔になっている時の美優は、色こそやや浅黒かったが、強い気性を物語るかのように、目鼻立ちのはっきりした野性味のある美女だった。

「やだ、やだ、こんなもん」

美優は縁側に立って、湯呑みの中身を残らず縁先にぶちまけた。

それから源時が癒しの茶を飲み終えるまでの間、美優はわざとじっとこちらを見つめてきて、目が合うたびに、誰もが振り向くであろう器量好しの小町《こまち》娘から、女狼鬼の形相に変わって鋭い牙を剝きだした。

「さっきあんたを噛み殺しておけばよかったよ」

などとも言った。

「話があるのではないか？」

源時が湯呑みを置いたところで、待ちかねた楽田が訊いてきた。

「近頃、ここを訪ねると突然、襲いかかってくる魔物らしきものがいるってか？」

挑発するつもりはなかったが、この瞬間、美優は源時の喉に手斧を突きつけていた。

「それとも、やっぱり、あたしの牙がお望みかい？」

「あんたも冗談が過ぎる」

楽田は源時の口を目で制して、美優を離れさせた。

「大人しく座っていないと、八丁堀に頼んでやらんぞ」

美優には諭《さと》す口調である。

「ふん、四天王の奉行所役人《ぶぎょうしょ》なんぞ、信じられるもんか」

美優はちらりと源時の腰の十手《じって》を見た。

「何かあるたびに、逃げることばかりに達者な猫鬼《ねこおに》や、こちらが用心していても騙《だま》される狐鬼《きつねおに》に頼むよりマシだろう」

楽田のため息に、それではあまりに比較が悪すぎると源時は内心、抗議したくなった。

「同心が四天王なら多少は気骨《きこつ》があるかもしれないじゃないか」

楽田は必死に美優を説得して、

「頼みというのは、命を狙われている仲間の一人を守ってほしいのだ」

あろうことか、源時に頭を下げた。

「仲間というからには狼鬼だな」

「もちろん」

「何をして狙われている？　悪事であれば俺はお上《かみ》の十手を預かる身、縄をかけても、守ることなぞできないぞ」

「実は一つも悪さをしていないわけではない」

楽田は浅くうなだれた。

「あんなもん、悪さでも何でもないよ」

美優はまた、猛然と鬼の牙を剝いた。

「おまえはわかっていないが、食べ物を売る店で銭を払わずに食うのは罪なのだ」

楽田が厳しい声で窘《たしな》めかけると、

「兄さんは食べ物を見つけたから食べたんだよ。狩りで兎を追うのと同じさ。ただそれだけじゃないか？」

美優が反撃して、やっと源時は、守る相手が、目の前の女狼鬼ではなかったことに気づいた。

――食い逃げというと？　もしや――

「仲間というのは、よく肥えて目尻の下がった大男ではないか？　名は権太郎」

さすがに、一見は狼鬼に見えず、滅多に心の底から怒ったり、緊張したりしないせいで、顔に本性が宿ることが少ないとまでは言い添えなかった。

さまざまな鬼たちを見てきて、鬼顔への変貌は誇りの露出や魂の声そのものに感じられる。

変貌力の弱い権太郎には、あの図体に似合わず、鬼の生命力が欠けているような気がしないでもない。

「何で権太郎兄さんのことを知ってるの？」

またしても襲いかかろうとした美優を、鬼の顔になった楽田が止めた。

「実は――」

源時は材木置き場で権太郎を助けた話をした。

「ほんとうなんだろうね？　罠だったら承知しないよ」

真偽を極めようとしている美優の目は、真っ赤になってぎらぎら輝いている。

「ほんとうだ。今、権太郎は役宅で手当しているが、落ち着いたらここへ運ぶ。罠だと勘《かん》ぐられるのが嫌なので、迎えに来いなぞとは言わない。ところで、どうして、権太郎の命が狙われているとわかったのか？」

源時はたじろかずに訊いた。

「権太郎兄さんが、船着場の近くの小屋に入り込んで寝てると、突然、火の手が上がって、水辺だったからいいようなものの、危うく焼き殺されるところだった。気づいた兄さんが、必死で水を運んで、小火《ぼや》で済んだからよかったけど、そのまま、強い風が吹いて広がっていたら、火事は御法度《ごはっと》、今頃、兄さん、これだよね」

美優は自分の首に手斧を当てた。

「小屋へ入った権太郎は酒に酔っていたのでは？」

「そうそう、そこなのさ。権太郎兄さんはお酒が底なしだから、ふらふらしてても、必ず町外れのあたしたちの家まで帰ってくる。それが、帰る途中に、酔い潰れちゃって、船着場の小屋に泊まるなんてことが、あるわけないんだ」

「居酒屋で眠り薬でも盛られたと?」

「あたしはそう思ってる。それから、もう一件」

「話してくれ」

「権太郎兄さんは子ども好きでね、子どもに頼まれると嫌とは言えない性分《しょうぶん》。お正月、遊ぼう、遊ぼうと袖《そで》を引っ張られて家から遠い草地まで凧《たこ》を上げにいったら、いつのまにか、子どもの姿は見えなくなっちゃってて、兄さん一人を何人ものごろつきが取り囲んでた。放っておいたら殴り殺されたでしょうね。ま、気づいたあたしが駆け付けて事なきを得たけど――」

――そう言えば、この正月、ごろつきが五人も狼に襲われて死んでいるのが見つかった――

「もう、あれは最高だったわよ。狼鬼族ここにあり、酒呑童子《しゅてんどうじ》様、やったね」

美優は真っ赤な目をうっとりと瞠り、殺戮の快感を思い出して、余韻《よいん》に酔いしれている。

翌朝、源時は再び権太郎を特大の戸板に載せて、楽田の家まで運んだ。

「権太郎兄さん、兄さん、生きていてよかった、よかった」

早速、美優が権太郎に抱きついた。

うれし泣きしている時の美優は可愛い町娘の顔をしている。

「義兄弟《きょうだい》!!」

権太郎は楽田に会ったとたん、顔中を涙でびしょ濡れにした。

「親戚だったのか？」

源時が訊くと、

「遠くを辿《たど》れば親戚かもしれないが、山に住んでいた時のただの幼馴染《おさなじ》みだよ。俺たち狼鬼族は、特に子どもの頃は里山《さとやま》を住《す》み処《か》にして、助け合って暮らすことが多いんだ。そんな中で義兄弟の盃《さかずき》を交わすこともある」

楽田が説明してくれた。

権太郎は源時が止めても横になってなどいない。

「凄いなあ」

権太郎は、楽田家の中を歩き回って感嘆した後は、薬草園に出て、掘り上げて干してあるチョウセンニンジンを齧《かじ》ったりした。

「隣りの野菜園に植わっている葱《ねぎ》の列もぴしゃとまっすぐだ。人並みをめざす、義兄弟の几帳面《きちようめん》と生真面目《きまじめ》は昔と同じだ。変わってない。偉いなあ」

ため息をついた権太郎に、

「そう思うんなら、ここでは俺を見習って大人しく暮らしてくれ」

楽田は苛立《いらだ》った声を上げた。

源時はこの時、珍しく、楽田の心が乱れていることに気づいた。

「明日も来てくれ、お願いだ。そもそも権太郎を守る役目があるだろう？」

差し迫った口調で頼まれて、源時が翌日、暮れ六ツを過ぎて楽田家を訪ねてみると、

「牛鍋に牛肉のどこが悪い？」

まずは主の低い声が聞こえてきた。

楽田は上質の牛肉を少量、ももんじ屋から取り寄せて食する贅沢を楽しんできた。

「牛鍋って鉄鍋で作るのよね。元は鋤《すき》の上で焼いたものでしょ？　そん時に牛肉なんてゲテモノ、食べちゃいないはずよ。鋤の上焼き、鋤焼きには絶対、丸々太った兎で決まり。子狸の丸ごともいいかな。狐はねえ、親も子も、痩せててろくに肉が付いてないから要らないっ」

美優の大声が響き渡り、

「俺は天麩羅を甘辛のタレで煮て飯に載せたのがいい。その後は熱い煎茶で饅頭を袋いっぱいっ、腹いっぱいっ!!」

権太郎は無邪気に勝手を言っている。

三

「御免《ごめん》」

源時が声をかけて楽田の家に入った。

――これはひどい――

一瞬、これが楽田の家だったのかと目を疑った。

座敷には着物が脱ぎ捨てられ、座布団が散らかり、膳《ぜん》はひっくり返り、皿や湯呑みが散乱し、歯の手入れをした房楊枝《ふさようじ》、鼻をかんだ紙が畳の上に落ちている。

権太郎と美優はけらけらと笑いながら、まだ陽《ひ》は落ちていないというのに酒を酌《く》み交わしていた。

「手伝おうか？」

楽田は厨《くりや》で葱《ねぎ》を切っていた。

「座敷を見ただろう？」

「ああ」

「二人は朝からずっとあんな調子だ」

楽田はため息をついた。

「狼鬼は片付けは苦手か？」

「得意なのは親戚、仲間づきあいと子育てだけだ」

「すると、あんたは狼鬼の変わり種なんだな」

「両親《ふたおや》は人の世で生きていくには、やりたいようにやっては駄目だと教えてくれた。それでも、若い頃は血に逆らえなくて、つい、無茶もやったが、三十路《みそじ》に近づいてやっと両親の言う通りだとわかった。我らと人とでは、大事なものがあまりに違いすぎるのだとも――」

「狼太ぁ、お酒ぇ――」

美優の嬌声《きようせい》が催促《さいそく》してきた。

「さっきの燗《かん》、熱すぎたよぉ」

権太郎である。

「お酒はぬるめがいいのよぉ」

美優が相づちを打った。

「片付けは下手《へた》でも、せめて、外の薬草の世話ぐらいはできるだろうが——。怪我を負った権太郎はまだ無理だとしても、草むしりぐらいなら美優にもできる」

「そんなことを頼んだら、大事な薬草園は、根こそぎ引き抜かれて丸坊主にされてしまう。狼鬼は薬草の匂いが嫌いなんだ」

そうなると、楽田自身も本当は片付けも薬草の世話も得意ではないということになる。

「俺は小さい時から自分を変えてきたので、もう、片付けも薬草園も暮らしの一部だ。家族を持たない一人暮らしにも慣れている。あの二人とは違う道を生きてきたんだ」

「遅いわねえ」

厨に入ってきた美優は一瞬、女狼鬼の顔になったが、すぐ小町娘の美貌《びぼう》を取り戻した。

「何だか、狼太、ノリが悪いわ。つまんない」

「俺は昔からこんなもんだよ」

楽田は苦く笑った。

「そんなことない、もっと生き生きしてたわよ」

「そうかな」

「そういやぁ、あんたのおとっつぁんは、おっかさんが死んだ後、狼鬼のくせに坊主になって、山ん中に庵《いおり》を結んで住んでたわよね。あんたもそうなるの？　止《や》めなさいよ、そんな辛気《しんき》くさい生き方——」

「生き方はいろいろだ」

楽田は突っぱねたが、

「その点、あたしたちの祖父《じい》ちゃん、おとっつぁんは立派なもんよ。狼党って名で知られる盗賊だったんだから」

「最後は捕まって、磔《はりつけ》、獄門《ごくもん》にされたじゃないか」

「あら、それ、潔《いさぎよ》い死に方よ。祖父ちゃんやおとっつぁんたち、本望だったと思うわ。生き残るために相手を斃《たお》し続けて、いずれは斃されるのが狼鬼の宿命《さだめ》なんだから。狼太は賢くて身のこなしも速かったから、祖父ちゃんたちに見込まれてた。それなのに、あたしたちに黙って突然、いなくなっちゃって——」

不満をぶちまけているうちに美優は女狼鬼の顔になった。

「そのへんでもう、止めとけよ」

美優の後ろに権太郎が立っていた。

「俺、四天王のお役人に助けられた時、知り合いは？　って訊かれて、つい、狼太の名を言っちゃった。故郷《くに》から江戸に出てきて、狼太の居場所を嗅ぎ当ててたんだ。すぐに会いに行かなかったのは、美優も俺も狼太が迷惑するんじゃないかって思ってさ。今も狼太、俺たちのこと、迷惑なんじゃないのか？」

目の垂れた鬼の顔の権太郎は悲しげだった。

「狼太、そんなことないよね？」

小町娘顔の美優は懇願《こんがん》のまなざしを向けたが、

「ここのほかに身を守れるところはあるのか？」

楽田は権太郎の方だけを見た。

「ひもじかった時、饅頭を食わせてやった克次という時鳥鬼に頼んでみる。今は明月亭の下足番をしてるって言ってた。何かあったら、力になると言ってくれてるんだ。今から頼んでみるよ。だから、あと、一日か、二日、ここに置いてくれ」

「何、言い出すのよ、兄さん。狼太とあたしたちは一緒に育った仲間なんだよ。狼太、まさか、あたしたちを追い出したいんじゃないでしょうね？　そうじゃなきゃ、早く引き留めてよ」

詰め寄った美優に、

「下足番に頼るのは無理がある。わかった、いつまでもここに居ていい。だが、とにかく、もう少し人並みに暮らす努力をしてくれ」

とうとう楽田は負けた。

夕餉《ゆうげ》の牛鍋は申し分のない味わいだったが、美優と権太郎は不満を洩らし続け、狼太と源時は、美味い!! という言葉を噛み殺さなければならなかった。

帰り支度をして玄関を出ると、

「旦那、ちょっと」

権太郎が足を引きずりながら追いかけてきた。

「何だ?」

「さっきのことなんだけど、やっぱり、明月亭の克次に報《しら》せてほしいんだ。あの通り、妹は強気だけど、俺たちがここにいるには、ちっとは人の世に馴染まなくっちゃ――狼太に、迷惑ばかりはかけられないよ」

「人に混じって働く気か?」

源時は権太郎を見直した。

「主も仕事もきつくて、飢え死にしかけていたっていうのに、下足番になれた克次にあやかりたいんだ。それに粋《いき》な小袖《こそで》と羽織《はおり》姿で、克次は見違えるようだった。本当に下足番だろうかって俺は思ってる。でも、どうしてかな？　何で下足番だなんて言ったのかな？　力になるっていうのは、その場限りのお体裁《ていさい》だったのかも――」

権太郎は項垂《うなだ》れた。

「わかった、まずは伝えてみよう」

翌朝、奉行所に出仕した源時は、希朝宛てに、以下のような文を書いた。

権太郎が市中で仕事に就《つ》く算段をしている。力になってやってほしい。

南町奉行所定町廻同心《じょうまちまわりどうしん》　渡辺《わたなべ》源時

明月亭希朝（克次）殿

昼過ぎて、希朝が番屋《ばんや》まで出向いてきた。

「奉行所に伺ったらこちらだと聞きまして」

希朝は深々と薄緑色の禿《は》げ頭を下げた。

——俺が四天王だとわかっても驚かない？——

——文《ふみ》でわかっていました。渡辺源時と書かれていた文字が光りましたから。それに権太郎さんのことを案じていてくれるご様子でしたし——

——罠だとは思わなかったのか？——

——鬼たちの噂は耳に入っております。四天王で同心ながら、人、鬼の区別なく、正義を貫こうとしているのが渡辺源時様だと——

そこまで言われると、全身がむず痒《がゆ》くなったが、

「ありがとう」

源時は素直に礼を言い、早速、権太郎についてくわしい事情を話した。

「人の中で働きたいという権太郎さんの気持ちはわかりますが、命を狙われているとなると、狙っている相手が捕まってからでないと安心できません。今は同じ狼鬼の楽田様に守っていただくのが最良だと思います。今のお話では、三度の膳で楽田様に負担をおかけしすぎているようなので、権太郎さん、妹さんの好物をお知らせください。知り合いの店に頼んで料理して、運ばせるようにいたします。わたしも食べ物にはうるさい方なので、お二人の気持ちはよくわかります。今、わたしにできることはこのぐらいです。すみません」

丁寧にまた頭を下げた希朝だったが、番屋を出て行く時に、

「この件ではお役人様方にもご苦労をおかけしております。ですが、どうか、一刻も早く、権太郎さんを狙っている下手人《げしゅにん》を、突き止めてお縄にしてください。権太郎さんたちやわたしを安心させてください」

権太郎のために、こちらへ釘を刺すのを忘れなかった。

こうして、希朝は毎日、三度、三度、権太郎と美優の好物を楽田の家まで運ばせた。

「ももんじ屋から届く、血の滴《したた》る兎や狸の生肉や鴨《かも》や鶉《うずら》などの丸焼き、天麩羅、饅頭などだよ。美優の好きだというカステーラもあったな。牛肉食いは月に三度と決めているから、俺は日々、炊《た》きたての麦飯と野菜の煮付けや浸し物等を食っている。たいていは薬草園で働いているか、自分の部屋に籠もっているから、一つ屋根の下にいても、あの二人といても不都合はない。救われた。正直、ほっとしてるよ。ただし、この恩人の克次は下足番なぞではないな。短い間に一山《ひとやま》当てて、のしあがった商人なのか？」

「明月亭の席亭が間に入っているんで、そこまでは俺も知らない」

源時は楽田にも真実は明かさなかった。

「それなら席亭を通じて、克次に礼を言っておいてくれ」

楽田はそこに克次の希朝がいるかのように頭を下げた。

四

そんなある日のことである。

市中でこれといったことも起きず、役宅へ戻ると、花吉が瓦版《かわらばん》を手にして源時を待っていた。

厨からは五目飯が炊けるよい匂いが漂ってきている。

「珍しいな」

花吉が晩飯時に訪ねてくるのは数えるほどであった。

「蛤《はまぐり》の清汁《すましじる》も作りましたから、一緒に食べましょう」

稀世が座敷に膳を運んできた。

「急用か？」

前に今頃、訪ねてきた時は一刻を争う捕り物だった。

「そんなような、そうじゃないかもしれないような――」

花吉は源時の目の前に瓦版を広げた。

瓦版には以下のようにあった。


謎の突風また現れる。

このところ、弓町《ゆみちょう》、弥佐衛門町《やざえもんちょう》と昼日中《ひるひなか》に謎の突風が吹いている。つむじ風に似ているという者もいるが、空へは上がらず、風と風が追いかけ合うように吹き荒れているのだという話だ。これが七日前も柳町《やなぎちょう》で見かけられた。

突風といえば、文化《ぶんか》元年、時の将軍様の御駕籠《おかご》が、御浜御殿《おはまごてん》を出る時からこれに酷似した突風が吹き荒れ、駕籠をかついで進むことさえむずかしくなり、日比谷見附《ひびやみつけ》の御番所で一時休止したという話がある。

この時、突風の吹き起こる直前、秩父山《ちちぶさん》の方に純白の雲が、幅一間《いっけん》（約一・八メートル）ほど、長四角形に、空に向かってまっすぐ十丈《じゅうじょう》（約三・〇三メートル）ほど、立ち上るように見えた。

同時にその雪白雲《ゆきしらくも》の脇から、やはり雲のような真っ黒なものが三間（約五・四メートル）ばかり立ち上り、見る間に四方に散り乱れ、突風が起こったという。

この突風では吹き上げられた子どもが死んだり、墓石を飛ばされたりと、不幸が続いた。

くれぐれも、たて続く、不可思議な突風が凶事の前触れであってほしくないものである。


「これ、ちょいと心配じゃないですか？」

花吉の目は怯《おび》えている。

「とは言え、奉行所が突風まで取り締まることまではできないよ」

源時は苦笑して箸《はし》を手にすると、干し椎茸《しいたけ》、人参《にんじん》、蒟蒻《こんにゃく》、鶏肉が入って、緑の色が美しい絹さやを添えられた五目飯を口に運び始めた。

「そうなんだろうけどさ」

倣《なら》って箸を取った花吉は三杯飯を食べ終えるまで無言だった。

「あたしよぉ、兄さん。いるぅ？」

玄関口でお福《ふく》の声がした。

「まあ、お福ちゃん」

稀世が出迎えた。

「また、こんな時分にか――」

源時は小言《こごと》を洩らした。

「途中、佐助《さすけ》をまいてきたのよ。だって、奈津実《なつみ》ちゃんたちが大変なことになってるんだもの」

座敷に入ってきたお福は、

「あら、花吉さん」

にっこり笑いかけたが、

「あ、ああああ」

口が裂けて顔を赤らめた花吉は、危うく箸を取り落としかけた。

「下《した》っ引《ぴ》きの花吉さんまで揃《そろ》ってるんだから、これはもう百人力ね」

「お、おいらが、ひ、百人力だなんて――」

源時には見える鬼の形相の花吉は、さらに熟れた酸漿《ほおずき》のように真っ赤になってしまった。

「おまえの友達に何があったのか、話してみろ」

源時はお福を促《うなが》した。

「奈津実ちゃん、お美代《みよ》ちゃん、お佐和《さわ》ちゃんの三人が、それぞれ、三味線《しゃみせん》のお稽古《けいこ》の帰りに、日を置いて、順番に追いかけられたのよ。奈津実ちゃんは弓町で、お美代ちゃんは弥佐衛門町、お佐和ちゃんは七日前に柳町で。おかげで、奈津実ちゃんたち、お稽古をお休みにして出てこなくなったの」

「弓町、弥佐衛門町、柳町といえば、突風が吹いたとこですよね」

花吉の指摘に源時は頷いて、

「次はおまえの番じゃないのか？」

真顔《まがお》でお福の身を案じた。

「おとっつぁん、おっかさんに言ったら、お稽古を止めさせられるから黙ってたけど、あたしもそう覚悟してたのよ。でも、今日のお稽古の帰り、なーんにも起きなかったわ」

「どうして、大店《おおだな》のお嬢さんのお福さんが追いかけられないのかな」

花吉は首をかしげた。

「金目当ての拐《かどわ》かしが目的ではないってことだろう」

源時は言い切った。

「もしかして、あたしより、奈津実ちゃんたちの方が可愛いから？　あの三人とも、娘三人花なんて言われてて、市中の若い男の人たちからの付け文が絶えないのよ」

お福が茶化《ちゃか》し気味にわざと項垂れて見せると、

「そ、そんなことはあ、ありません。お、お福さんは、お、お嬢さんで高嶺《たかね》の花だからです」

花吉はムキになった。

――お福とあの三人の違いは、人と鬼との違いだ。もしや、今回、お福が狙われないのはそのせいなのではないか？――

源時はお福の女友達三人が兎鬼《うさぎおに》である事実に拘《こだわ》った。

「女友達たちが襲われた日、御師匠様《おっしょさん》のところを、おまえも一緒に出たはずだ。何か、気づいたことはないか？」

「あたしは佐助が待ってて、みんなと一緒には帰れないんだもん。気づいたことがあったって、御師匠様の家の前のことだけよ」

「それでもいいから思い出してくれ」

「年増《としま》の美人」

「御師匠様の家の近くに居たのか？」

「そう。三人が追いかけられた日に限ってね。黒地に真っ赤な牡丹柄《ぼたんがら》を染めた着物が似合ってて、ぞっとするほど綺麗な人だった。芸者さんにああいう人、いるかもしれないって思って、柳橋《やなぎばし》で御座敷に出てたっていう、御師匠様の知り合いかと思ったけど、あたしたちが出てくると、さっと身を物陰に隠したから違ったみたい。もしかして、盗人《ぬすっと》の下調べ？」

「よく思い出してくれた」

妹に礼を言った源時は、

「へっ？　ええっ？　お、おいらでいいんですか？」

と、しきりに額の冷や汗を拭っている花吉に、お福を海老屋まで送り届けてもらうように頼むと、

「少し出てくる」

例の神社へと向かった。

お堂に入ると、羽目板をはがして中から巻物を取りだし、狼鬼と兎鬼の箇所を探して読んだ。

狼鬼について気になった一文は以下であった。

狼鬼が成人する際の通過儀礼には、兎鬼狩りというものがある。

この儀礼では、食べるために兎を追うのではなく、本家本元の兎よりも速い兎

鬼に追いついて勝たねばならない。

こうした折、たいていは、弾《はず》みで兎鬼を引き裂き、死傷させてしまう。

また、飢えきった狼鬼は通過儀礼に関わりなく、兎鬼を狩って餌にすることがある。

さらにまた、これは稀《まれ》だが、本性を封印された、人の世に馴染まない狼鬼が、儀礼でも飢餓《きが》でもなく、兎鬼を追いかけて足の速さを競い、繰り返し殺戮《さつりく》に及ぶこともある。

続いて兎鬼について――。

運悪く狼鬼に追いかけられた兎鬼は、時に、火事場の馬鹿力よろしく、狼鬼よりも速く走って逃げ伸びることがある。

そのため、狼鬼が兎鬼を追うその様子は、人目には、鬼たち各々《おのおの》の姿は見えず、恐ろしい勢いで突風が吹き荒れているかのように見える。

突風の正体はこれだったのだと源時は得心《とくしん》した。

翌朝、源時は高輪《たかなわ》の楽田を訪ねた。

——美優がよく利く鼻に任せて、兎鬼の娘たちが弟子入りしている三味線の師匠の家の近くを、うろうろしていたことはなかったか、よくよく糺《ただ》さなければならない——

「御免」

玄関で声をかけたが、すぐに応《こた》えはなかった。

「御免」

再度、訪いを告げると、楽田がぬうっと現れた。

狼鬼の顔をしている。

ただし、蒼白な顔色は憔悴《しょうすい》しきっていて、充血した目は虚《うつ》ろで口元が血で濡れていた。

もはや、ただ事ではない。

「どうしたんだ?」

源時は悪い予感がした。

「何があったんだ?」

畳みかけたが、

「ああ、もう、俺は駄目だ」

楽田は崩れ落ちるようにその場に座った。

「入るぞ」

源時は家の中へと入った。

廊下には血の筋が座敷まで続いている。

座敷の障子を開けた。

そこには、胸を包丁で一突《ひとつ》きされた権太郎が骸《むくろ》になっていた。

五

「あんた――」

権太郎に取りすがって泣いていた美優が振り返って、鬼の顔になった。

「あたしたちを油断させておいて、四天王のあんたがやったのね」

飛びかかってきた美優は源時を押し倒して、裂けた口から牙を剥きだした。

「やめろ」

楽田が美優を源時から引き離した。

「あれを見ろ」

源時が指さしたのは座敷に転がっている重箱と何個もの握り飯であった。

「権太郎はこれを玄関で受け取った時に刺され、ここへ辿り着いて息絶えたんだ。下手人は毎日、朝餉《あさげ》を届けに来ていた奴だろう」

源時の指摘に美優は渋々頷いて、

「あの娘、可愛い顔して——」

さらに目を釣り上げた。

「朝餉は娘が届けに来ていたのか？」

「そうだよ、朝だけじゃなく、昼も夜も、山くじらって名のももんじ屋が届けに来てた。朝は娘の役目で、握り飯には兎肉の佃煮《つくだに》が入ってた」

美優は凄まじい形相を畳の上の握り飯に向けて、

「あの娘、よくも兄さんをこんな目に。これから行って、骨ごと引き裂いてやる」

立ち上がりかけたのを、

「やめておけ」

楽田が大声で止めた。拾った握り飯を二つに割って、

「中身はこの通り、兎肉じゃない、鶏肉の佃煮だ」

美優の鼻先へ差し出した。

「重箱にも山くじらの名が入っていないぞ」

源時は重箱を拾って二人に見せた。

「ということは、誰かが、山くじらのふりをして届けて、油断していた兄さんを殺《や》ったってこと？」

「そういうことになる」

源時は大きく頷いた。

「あたし、やっぱり行く」

また美優が立ち上がった。

「どこへ行くつもりなんだ？」

楽田も立った。

「わからない」

美優の目から涙が止めどもなく流れ出した。すでに鬼の顔ではない。身内の不幸に打ちひしがれて、弱りきっている女の顔であった。

「山くじらへはこれから俺が行って、いろいろ確かめてくる。その前に、この骸を番屋に引き取りたいのだが――」

源時の言葉に、

「そんなことさせないっ」

美優は鬼になった。

「だが、そうしなければ、権太郎を殺した下手人を捕らえることはできない。骸がなければ、奉行所は事件と見なさない」

源時は言い切った。

「骸は返してもらえるのだろうか？」

楽田が訊いた。

「検分が終わり次第、身寄りに返す」

「ならばそうしよう。下手人がお縄にならなければ、権太郎だって浮かばれない」

楽田は美優の乱れた髪を直してやりながら、優しい口調で宥《なだ》めるように言った。

「その代わり、あんた、今日中に兄さんをこんな目に遭《あ》わせた奴を捕まえるんだよ、きっとだよ、わかったね」

源時を睨《にら》み据えている美優の真っ赤な目が思いきり吊り上がり、知らずと頭が振られて髪が乱れていた。

この時、楽田が何とも、もの悲しい顔でうなだれるのを、源時は見逃さなかった。

人を走らせて花吉を呼んだ。

花吉に骸を運ぶよう頼んで、源時は山くじらへ向かおうとしたが、落胆《らくたん》と絶望を両肩に背負っているような楽田の様子が気になった。

「話が訊きたい」

源時が切り出すと、

「あそこでなら話せる」

楽田は権太郎のそばにいる美優を座敷に残して薬草園へと歩き出した。

「権太郎が朝餉を受け取った時、美優とおまえは何をしていたのか？　狼鬼ならば、変事には瞬時に気づくはずだろう？　権太郎を刺した相手を取り逃したりはしないはずだ」

源時は肝心な問いを投げかけた。

「実はここを空けていた」

「二人とも？」

「そうだ。俺たちの間に、そうなってはならないことが起きてしまったんだ」

「美優とは好き合っていた仲だった？」

「ああ。権太郎や美優もおやじさんや祖父さんも、俺たちが夫婦《めおと》になって、血を引く子を増やすのを望んでいた」

「だが、おまえは美優たちから離れた」

「盗賊に殺しはつきものだ。そんな生業《なりわい》でしか生きていけない、狼鬼の宿命がたまらなく嫌だった。坊主になって、肉を食わずに通して、餓死同然に死んだおやじの気持ちがよくわかった――」

「それなのに、どうして、今日の朝、二人してここを空けたのだ？　いや、その前になんで美優は、市中で兎鬼を追い回していた？」

「人付き合いをしない俺だが、瓦版は届けてもらっている。このところ、起きている突風に美優が関わっているとすぐ気がついた。ここには薬草園がある。薬草園から濃く強く漂ってくる匂いは、狼鬼の狩りの本能を押さえて平穏《へいおん》な心持ちに導いてくれる。食いしん坊の権太郎は、ふんだんに届けられる好物の食べ物で満足していたが、美優のような狩り好きの狼鬼にはたまらなかったのだろう。薬草園が本能の牢獄のように感じられた挙げ句、町中に出て、あんなことを繰り返していたのだ。こんなことを続けていては、いつか、捕まえた兎鬼を殺してしまい、捕まって咎人《とがにん》になる。俺は止めたかった。それで、美優に毎早朝、俺と一緒に、このあたりの林の中を走ろうと持ちかけたんだ。狩りの真似事で満足させようとした」

「ただ、走っただけか？」

源時は今はもう綺麗に拭《ぬぐ》い取られている、楽田の口に付いていた血と毛を思い出していた。

「俺としたことが――。今の暮らしを続けてきていて、金輪際、本能が呼び覚まされることはないと思っていた。ところが、〝さあ、昔に帰って！　あたしを兎だと思ってつかまえてごらん!!〟と言って、美優が走り始めると、昔、一緒に仲良く力を合わせて狩りをしたことが思い出された。血湧き肉躍る、長く忘れていた、わくわくするような快感だった。どくどくと流れ続ける自分の血潮の音以外、何も聞こえず、何も見えなかった。俺は林の中をひた走り、ついに美優に追いついて抱きしめた。それからのことはよく覚えていない。気がついた時、二人とも、朝日に包まれて草の上に横になっていた。そばに兎の片耳が転がっていて、自分に何が起きたのか、何をしてしまったのかわかった。目をさました美優は、〝あたしたち、昔とちっとも変わらないじゃないか!!!〟と、うっとりとした表情で微《ほほ》笑《え》んだが、俺の方は後悔だけが波のように心に押し寄せていた。その上、家に戻ってみたら、あの始末だ。俺たちさえ、家にいれば、権太郎を死なせずに済んだはずだ。俺たちが殺したようなものだ。ああ――」

楽田は両手で頭を抱えた。

この時、源時は楽田にかける言葉が見つからず、

「何か、わかったら報せる」

とだけ言って、薬草園を出た。

山くじらでは、主が朝一番の仕事で猪の肉を切り分けていたところであった。

「仕込みで忙しいんです」

「手短に訊く。このところ、楽田狼太のところへ届け物をしているはずだが――」

「楽田様？　ああ、あの希朝さんから言《こと》づかってますよ。ももんじ食いの客人が長逗留《ながとうりゅう》してるっていうんで、日に三度、届けてます。昨日、明日の朝は要らないようだって、うちの娘が言うんで、たしかに、今日の朝は届けてませんや」

源時がくわしい話を訊きたいと言うと、ちっと舌打ちした主は、朝餉を届けていた娘を店先に呼んでくれた。

細く小柄な少女である。

――すべてはこの娘が仕組んだとも考えられるが、いくら相手が油断していても、こんな華奢《きゃしゃ》な身体では大男の狼鬼は殺せない。第一殺さなければならない理由がない――

「昨日、明日の朝の分は要らないと言ったのは、楽田の家の者か？」

「いいえ、昨日の昼過ぎにここへ来て、あたしを呼び出して、楽田さんからの伝言だっていう紙を渡されました」

娘は袂《たもと》から紙を出して見せた。

それにはただ一行、〝明日の朝餉は不要〟とだけ書かれている。

――これで、まず、この娘の嫌疑が晴れたのはよかったが――

源時がうーんと腕組みをして考え込んでいると、

「何かあったんですか？」

主と娘が目と目を合わせて、おどおどと訊いてきた。

「実は――」

娘に代わって、山くじらからの使いを装って、朝餉を届けた者が客人の権太郎を刺殺したのだと告げると、

「ええっ?」

　驚いた主は出刃包丁の動きを止めた。

「うちじゃありません、あたしじゃありません。ほんとうです、ほんとうです」

　青くなって繰り返す娘に、わかっていると大きく頷いた源時は、

「偽《にせ》の伝言の紙を渡した者の様子は?」

　手掛かりを期待したが、

「見たことのない子どもでした」

　あっさりと応えた。

　相手が見知らぬ子どもだったというだけでは、文を渡した主を辿ることはできない。

　この時、源時は、材木置き場に呼び出された権太郎が殺されかけた時も、子どもが使いだったことを思い出していた。

六

　番屋に戻ると、検分の終わった骸と定町廻り同心同僚の原本安二郎《はらもとやすじろう》が待ってい

た。

「どうしてもあなたの耳に入れておかねばならぬことがありまして――」

兎鬼の原本は緊張した面持《おもも》ちで口が裂けて両耳を伸ばした。

原本は源時よりも十歳近く年長のはずだが、誰に対しても、いつも丁寧な言葉で話しかけてくる。

罪を憎んで人を憎まずの信念の持ち主でもあり、罪を償《つぐな》って出獄した咎人に対しては、限りなく温情をかけてきた。

当座の金を貸したり、仕事探しを手伝ったりと、何くれと相談に乗ってやっているのである。

そのため、奉行所内だけではなく、世話になった入墨者《いれずみもの》たちの間でも、安二郎は〝仏の安っさん〟と呼ばれている。

そして、四天王の力を得た源時と顔を合わせた時、口が裂けなかった鬼はこの原本だけであった。

――一見は穏やかだが胆《きも》は誰よりも据わっている原本さんの口が、わたしの前ではじめて裂けた。伝えたいのはよほどのことなのか？――

源時は身構えた。

「お茶、淹れてきましょうか?」

空気を読んで席を外そうとした花吉を、

「かまいません、あなたもここにいてください」

原本が引き留めた。

「それじゃ」

離れていた花吉は源時たちのそばに座った。

「実は何日か前に、空き巣を見つけて捕らえました」

「空き巣を捕らえるとは珍しいですね」

空き巣は昼日中、家に忍び込んで盗みを働く。

こうした空き巣は家人に危害は与えないので、狙われる各々の家の用心が悪いという落ち度もあると見なされ、たとえ届けが出されても、役人たちが探し出して捕縛《ほばく》することなど滅多になかった。

「見廻りをしていた折、偶然、〝本日休業〟の札のかかった小間物屋《こまものや》から出てくる空き巣と出遭ってしまったんです」

「どんな空き巣でした?」

「名は伍助《ごすけ》。食い詰めて家族離散の憂《う》き目に遭い、腹が減ってつい、忍び込んだ家の厨の釜の飯に手を付けたのが始まり、よくある話です。その後、多少は改心して、季寄せの絵馬や扇、雛《ひな》、蚊帳《かや》なんぞを売ってはみるものの、長くは続かず、もう、何年も空き巣稼業で暮らしていたそうです。世の中には誰もが、いつ何時堕《お》ちてしまいかねない闇があるでしょう？　気の毒な奴です」

「それで？」

いくら原本が咎人に手厚い仏でも、伍助の身の上話をしにここへ訪れたとは思えなかった。

「すみません、つい、伍助のことが気にかかって——。実は伍助は以前、空き巣に入った家からこんなものを盗んでおりました」

原本は胸元から文を出して、源時に手渡した。

「これは!!」

源時は目を瞠った。

その文は何と、美優が楽田に向けて出したものだったからである。

以下のようにあった。

狼太さん、あんたが山からいなくなってから五年——。

あたしは今、昔が戻ってこないかとそればかり考えてるの。昔、狼太さんと楽しく山や林を走った夢をよく見ます。

悩みは権太郎兄さんのことなの。

あたしたちが大人になる時の儀式は盛大で、その後もあの時の儀式を繰り返したくなるものでしょう?

そうしていないとあたしたちはあたしたちでなくなっちゃうから——。

あたしも兄さんも時々、あれを繰り返してたのよ。ありのままでいたいもの——。それに何より、お金が入って暮らして行けるし。千里の道も一歩から、今は追いはぎにすぎないあたしたちでも、いずれは立派な盗賊になんなきゃいけないのよ。

それが上方《かみがた》で捕まって、打ち首にされたおとっつぁんやお祖父ちゃんへの供養《くよう》だものね。狼太さんにも見せたかったわ、おとっつぁんたちの立派な最期——。

そんな時、笹波峠《ささなみとうげ》を走って追い詰めた先が崖だった。あたしたちが遊び半分で、一歩、二歩と間を縮めて脅《おど》してたら、後ずさって、相手は崖下に真っ逆さま——。

以来、兄さんったら、その相手の怯えた顔が夢にまで出てくるって言って、追いはぎの仕事をする気どころか、走ろうともしなくなっちゃって、食べてばかりで、ぶくぶくになっちゃって、もう、情けないったらない。

崖へもう一度戻って、同じことをしたら、きっと、すっきり迷いがなくなるから、そうしようって勧めても駄目なのよ。

正直、あたしは兄さんにがっかり。

こんな兄さん、あたしの兄さんじゃない、生きていても可哀想なだけだって思えてきてるの。

誰かに恨みをかってて、殺されるんなら、それはそれでいいんじゃないかって――。

狼太さんなら、こんなあたしの気持ちを止めてくれて、兄さんを昔の兄さんに戻してくれるんじゃないかって思ってます。

美優

あたしの狼太さんへ

「権太郎が何者かに殺されたと聞いた時、わたしはすぐこの文のことを思い出しました。空き巣の伍助が楽田狼太の家からいくばくかの銭と一緒に、この文を盗み出したのは三月《みつき》ほど前のことだそうです」

原本は筵《むしろ》を被《かぶ》せられている土間《どま》の骸をちらりと見て立ち上がった。

「この一件はあなたの事件ですし、どうか、文はご自由になさってください。もとより、わたしは上に何も報せません」

後ろ姿を見送った二人は顔を見合わせて、

「ほんとかよ？」

「うーむ」

もう一度文を読み返した。

「狼鬼には追いはぎや名を残すほどの盗賊が多いってことは、おいら、知ってたけど、まさか、あの兄妹がそうだったとはねえ――」

「その上、この文は美優が楽田に兄殺しを頼んでいるかのようにも読める」

「でも、美優は命を狙われてる権太郎を助けてくれって、楽田を頼ってきたんですよね。あ、でも、材木置き場で襲われた後、楽田の名を出したのは権太郎だった」

「俺が権太郎のことで楽田のところへ行った時、家の前で美優と出くわした。権太郎を殺し損ねた美優が、俺たちを尾行《つけ》てきていて話を聞き、先回りして、今度こそ、確実に兄を殺そうと考えたのかもしれない」

「そうなると、付け火や子どもに誘い出させて、ごろつきに殺させようとしたのも美優の仕業《しわざ》？」

「あり得ないことではない」

「あの楽田も今回は手を貸した？」

「それはこれから確かめてくる。権太郎の骸を楽田のところへ戻すついでだ。今夜は権太郎の通夜だからな」

「おいらも行きます」

「いや、一人で大丈夫だ」

源時は沈痛《ちんつう》な面持ちで腰の刀の柄を握った。

――これを使うことにならねばいいが――。今はただ、楽田狼太を信じたい

――

源時は楽田の家の前に立った。

骸を運んできた奉行所の小者たちを返すと、まずは権太郎の枕元で線香を手向《たむ》けた。

そばにいる美優はじっとうなだれたままだった。

源時の思い詰めた様子を察知した楽田は、

「話は、またあそこだ」

薬草園へと源時を誘った。

「これを見てくれ」

源時は文を渡して、

「読めるか？」

あたりはもう充分暗い。

「俺は狼鬼だぞ、夜目は利く」

吠えるような声だった。

――楽田狼太も狼鬼だった――

源時は背筋がぞっと冷たくなったが、身震いを堪《こら》えて、

――しかし、俺も四天王だ――

刀の柄《つか》を握り続けた。

「たしかに三月ほど前、美優から届いた文だ。すぐに空き巣に盗まれてしまったが――。ところで、いったい、これがどこからおまえの手に渡った？」

楽田が詰問《きつもん》してきた。

「実は――」

源時は文の出どころを話した。

「よりによって兎鬼の同心か――」

楽田の声がくぐもれて、

「これは手強《てごわ》いな」

弱音を洩らした。

「狼鬼が好き放題にやってきた相手だからか？」

「狼鬼は鬼族の頂点に君臨している。だから、好き放題にやってきた相手は兎鬼だけじゃないが、兎鬼ほど守りに徹して思慮深く、折れない心の持ち主はなかなかいない。受けた恨みは終生忘れない。曾祖父《ひいじい》さんのそのまた曾祖父さんの代の飢饉《ききん》の時、遠い親戚が我らの仲間に襲われ、食われた恨みを忘れない者もいるという。坊主になったおやじなぞ、兎塚《うさぎづか》を建てて、供養を続けていたほどだった」

「しかし、兎鬼の原本さんは俺にこの文を託して、口外はしないと言ってくれたのだぞ」

「そいつは四天王の同心であるおまえに任せて、美優と俺に権太郎殺しを認めさせようとしているのだ。だが、俺は断じて認めんぞ。俺たちは林の中にいた。家にいなかったことを悔いてはいるが、その事実に嘘偽りはない。信じてくれ」

最後の一声を楽田は吠えた。

七

「わかった、信じる」

そう言い残して源時が薬草園を出ようとすると、黒い影が翻《ひるがえ》って家の中へと駆け込んだ。

追いかけて中へと入ると、

「来ないで」

美優が権太郎の骸を肩に担《かつ》ぎ上げていた。

源時が一歩踏み出すと、骸を背負った美優が玄関先へと走った。

そのまま、外へ出て疾走していく。

「話は聞かれてしまった。同心の兇鬼を恐れて、故郷の山へ逃げ帰ったのだろう。権太郎の骸はいずれ、山に葬《ほうむ》ると決めていたようだ」

玄関で立ち尽くしている源時の後ろに楽田が立っていた。

「今朝の美優は、俺に追いかけさせてわざと捕まったのだとはわかっていたが、それにしても、速い、速い――」

楽田はほっとため息をついた。

番屋に戻った源時はこの事情を花吉に話した。

「仏の原本様がそんな陰険な心根の持ち主で、うちの旦那に、楽田や美優に縄をかけさせようとしてるとは、おいら、とても思えないです。飢饉の時は、人だって人を食ったんだし、曾曾《ひいひい》祖父さんの代の恨みなんて引きずってないですよ。それに、原本様が特に目をかけて、親切にしてやってる入墨者《いれずみもの》は圧倒的に狼鬼が多いんですよ。世渡りが下手な狼鬼はならず者やごろつきになりすいから。原本様は立派なお役人なんだ。あの人の信条は〝罪を憎んで人を憎まず〟なんですから」

原本贔屓《びいき》の花吉は楽田の思い込みを否定した。

「奉行所へ戻って少し調べたいことがある」

「おいらもお伴します」

二人は南町奉行所へと向かった。

「おや、何かご用ですか？」

定中役《じようなかやく》の若い兎鬼夏木《なつき》草一《そういち》がのどかな表情で門を出てきた。

帰り際とあって、緊張が緩《ゆる》んでいるせいか、源時の目にも一見、鬼に見えない。

それでも、夏木の耳がぴくぴくと痙攣《けいれん》を始めて、伸びかけている。

何世代にも渡って受け継がれてきた警戒心の現れであった。

もはや、源時が無害だとわかっていても、四天王を恐れる兎鬼の本能は健在だった。

定中役とは、奉行所内で、よろずお役目賜《たまわ》り係とも揶揄《やゆ》され、使い走りのようなこともやっている。

特に夏木は俊足で知られていて、届け物の一切を引き受けていた。

「夏木さん、この間はご苦労様でした」

源時は礼を言った。

先日、権太郎のことで、希朝に宛てた文を夏木に託したのだった。

「とんでもありません。わたしは寄席《よせ》が好きで、もちろん、あの希朝が大好きなんです。それで一度、客のいない寄席を見てみたいと思ってたんです。意外に殺風景なんですね。でも、希朝ほどの噺家が話すとぱーっと後光が射してきて、極楽の池の蜻蛉《とんぼ》になったような気分にさせてくれるんですから、芸の力はたいしたものです」

饒舌《じょうぜつ》が夏木の警戒を解いて、耳の震えが完全に止まった。

「きっと原本様もたいした希朝贔屓なんでしょうね」

花吉は口を挟んだ。

——何なんだ？　突然——

源時の心の問いに、

——奉行所同心の中で兎鬼はこいつと原本様だけだろ。兎鬼同士は他の奴が入り込めないない絆《きずな》があるんだよ——

花吉はさらりと答えた。

「そりゃあ、もう、あの方の噺熱ときたら大変なもんです。わたしに噺とはこんなに面白く泣けるものだと、手ほどきしてくれたのも原本殿でした。だから、わたしが誰もいない寄席を見て感じた話をしたら、〝なるほど、おまえも噺の極意がわかってきたものだ〟と褒めてくださいました。うれしかったですよ。ただ、希朝の〝狐の恩返し〟があれほどもてはやされるんなら、原本殿のなさっている善行や温情が、もっと広く世間に伝わっても、罰は当たらないんじゃないかっていう気はしてるんです」

――このあたりで訊くか？――

源時が心で呟くと、

――訊こう――

花吉の心も大きく頷いた。

「狡《ずる》いなあ」

花吉が切り出した。

「おいらも噺、希朝、大好きなんですよ。夏木の旦那、実は明月亭で希朝に会えたんでしょ？　手拭いを持ってなきゃ、手控え帳に〝希朝〟って、書いてもらったんでしょ。いいなあ、羨《うらや》ましいなあ、やっぱり狡いですよ」

「た、たしかに、渡辺殿から、希朝宛の文を言づかりはしたが、あ、席亭の吉平《きちべ》衛《え》に渡しただけで、希朝には会っていない。ほ、ほんとうです」

夏木はしどろもどろになって、また、両耳を伸ばし始めた。

――わたしは文に宛名は書いていない。吉平衛に渡すようにと言っただけだ――

――ということは、この兎鬼は旦那の文の中身を見てるね――

――そういうことになる――

――こいつのことだ、有頂天《うちょうてん》になって、原本様にも明月亭行きを話しただろうね。盗み読んだ文が希朝に宛てたものだったことも――

花吉の心が重く沈んだ。

――それを訊いた原本は――

この先はあえて続けずに、

「それでは、わたしたちはこれから、急に命じられた調べ物があるので――」

一礼して夏木と別れた源時は、

「おまえはももんじ屋の山くじらへ行って、このところ毎日だった楽田の家への届け物について、訊いてきた者はいなかったか、主と娘に確かめてくれ」

花吉に命じると、

「へい、合点」

花吉は奉行所を出て行き、源時は調べ書きを集めた部屋へと歩いた。

源時は部屋に入ると、綴《と》じられて重ねられている、ここ五年間分の調べ書きを読み始めた。

――権太郎、美優が追いはぎを始めたのは、五年前、楽田が二人の元を去ってからのことだ――

三年前まで遡《さかのぼ》って読んだところで以下の一文が目に入った。

定町廻り同心原本安二郎弟新三郎《しんざぶろう》、医術を修めに長崎へ出立《しゅったつ》、道中、失踪、笹波峠崖下にて骸が発見される。

首に噛み付かれた傷跡があった。

けもの道へ迷い込んで、不運にも狼に襲われ、瀕死《ひんし》の体《てい》で逃げきったものの、夜道であったものか、行き止まりが崖になっていることがわからず、走り通して転落死したものと思われる。

——間違いない。笹波峠と言えば、権太郎と美優が縄張りにしていた場所だ——

「わかりましたよ。寝入ってた旦那に起きてもらって訊いてきました」

息を切らして花吉が戻ってきた。

「子どもは仏の原本様が目をかけている入墨者の子で、狼鬼の子でした。山くじらじゃ、肉捌《さば》きの仕込みの終わる頃になると、お余りが欲しくて、狼や狐の子が集まってくるんだそうです。主と娘は、子どもたちの前では、つい、気を許して、希朝からの頼まれものを三度三度、楽田の家の客人のために運ぶ話をしてしまったんだそうですよ。あれこれ、料理を考えるのは大変だとか、今日の兎は今一つ、脂《あぶら》のノリが悪いが、気に入ってもらえるだろうとか――。聞いていたその中に、朝餉を断る文を娘に渡していた子どもがいたか、どうかまでは覚えていないとか。何しろ、余って捨てる肉を目当てに押しかける子どもの数は多いんで、毎日、同じ子が来るというわけでもないし、いちいち覚えちゃいられないって言ってました」

「山くじらのお余りの振る舞いはよく知られているのか？」

源時は聞いたことがなかった。

「ああ、鬼たちの間じゃ、よく知られたことだそうで。山くじらの旦那は人だから、鬼とは知らずに温情をかけてくれてるんですよ」

「するとこれは当然、原本さんも知っているはずだ」

「ただし、兎鬼はどんなももんじ屋の前も通れやしない。本家本元の兎がぶら下がってるのを直視できないんです。定町廻り同心がももんじ屋の前で気絶してぶっ倒れるなんぞ、格好悪すぎるんで」

「だから、めんどうを見ている狼鬼の子を使った——。その上、今回が初めてではない」

「材木置き場に権太郎を、呼び出したのもたしか、子どもでしたよね」

花吉は泣きそうな顔になって、

「あの仏の原本様が子どもを使って悪事を働いたなんて、おいら、とても信じられない。それに何より、何のためにそんなことしたんでしょうか?」

そこで源時は笹波峠で起きた事件について話した。

「俺が直《じか》に原本さんに会って訊いてみる」

驚きのあまり、腰を抜かしてしまっている花吉をその場に置いて、源時は奉行所を出た。


源時は原本安二郎の役宅の前に立った。

庭から木の芽の匂いが香っている。

春になると、〝お裾分けですよ〟と言って、原本は木の芽（山椒《さんしょう》の若葉）を奉行所の皆に配る。源時も、懐紙《かいし》に載って癒しの香りを醸《かも》している、この木の芽をもらったことがあった。

「渡辺源時です。夜更《よふ》けに申しわけありません」

名乗ると、

「これはこれは」

小袖と茶羽織に着替えた原本が玄関で迎えた。

「どうぞ、こちらへ」

通された座敷の畳は懐紙で埋まっている。その上に、小さな葉が左右対称にびっしりとついている木の芽が一枝ずつ置かれている。

「そろそろ、皆さんにこれをお分けする頃なものですから――」

原本は文机《ふづくえ》の上の眼鏡を取り出してかけた。

「さしあげる木の芽にアゲハ蝶の卵がついていると失礼ですからね、取り除かないと。卵の黄色い色は目立つのですが、何しろ葉裏に産みつけることが多いので厄介《やっかい》です」

原本はせっせと木の芽を検《あらため》ている。

「あの、原本さん――」

「どうぞ、おっしゃってください」

原本は手を止めない。

「実は――」

源時は権太郎殺しについて知り得たことをすべて話した。

「いやはや、お見事です。わたしの仕業だとこんなに早くおわかりになるとは、さすが四天王だ」

やっと手を止めた原本はにっこりと笑って、

「うちにあるこの山椒が弟に医術を志《こころざ》させたのです。両親は早くに流行病《はやりやまい》で亡くなりました。幸い、弟とは年齢が離れていて、わたしも奉行所にお役目を得ていたので、何とか、親戚を盥回《たらいまわ》しされずに二人で生きていくことができました。わたしが人より細いのは、生まれつき胃の腑《ふ》が弱いからなのですが、弟は何とか、元気にさせたいと思いやってくれて、あちこち聞き回り、山椒に冷えた身体を温め、胃の働きをよくする薬効があると知り、試してわたしの身体に効果があるとわかると、弟は急速に医術に目覚めていきました。弟があんなことになってしまった今は、木の芽は辛い形見のような気もいたしましたが、弟のわたしへの想いを汲んで、春夏は葉で、秋冬はその実を用いて親しみ続けておりました。皆様に御配りしていたのは、弟の死を忘れてほしくなかったからでした」

「伍助の持っていた文が復讐の引き金だったのですね」

「はい。誤って落ちたと思っていただけに、怒りを堪えることができなかったのです。相手が誰であれ、とても許すことなどできはしませんでした」

原本がきっぱりと言い切った時、不意に背後の障子が開いた。

「よくも兄さんを」

美優だった。

凄まじい女狼鬼の顔である。

一方の原本は顔色一つ変えていない。

――原本さんはこれを予期していた？――

美優は目にも止まらぬ速さで、すでに原本を押し倒して組み伏せている。

鋭い牙を振りかざして、首に狙いを定めた。

「やめろ」

源時が美優に飛びついて原本から引き離そうとした時、

「うっ」

美優が呻《うめ》いた。

原本が座布団の下に忍ばせていた包丁で美優の胸を突こうとして手が滑り、横腹を突き刺したのである。

一瞬、美優を引き離そうとしていた源時の力が緩んだ。

その隙に頭を大きく振った美優が渾身《こんしん》の力を込めて、原本の首に噛み付いた。

天井にまで血が迸《ほとばし》った。

源時に羽交い締めにされかけた美優は、猛烈な力で振り切ると、手負いの腹を押さえながら走って逃げた。

逃げ足の重さから深傷《ふかで》を負ったとわかった。

「原本さん、しっかりなさい」

源時は原本の手を握った。

「お、お願いが、ひ、一つ——」

原本に死期が迫っている。

「どうか、何でも、おっしゃってください」

「き、木の芽のた、た、ま、ごを、さ、さがして、に、庭にも、ど、してく、だ、さ、い」

それが原本の最期の言葉だった。

致命傷となった首の噛み傷に不審は残ったものの、文机の引き出しから、したためてあった遺書が出てきたため、原本安二郎の死は病苦の末の自死と見なされた。

源時は血が飛び散っている、木の芽が載った懐紙を集め、アゲハ蝶の卵を探して、枝ごとそっと、原本の庭の山椒の木に戻した。

――木の芽を楽しむために、蝶の卵を駆除することは、原本さんの本意ではなかったのかもしれない。真は優しい、やはり仏の安っさんだった。あんなものさえ出てこなければよかったのに――

源時は、あんなものである、美優が宛てた文を楽田に返した。

楽田はそれを竈《かまど》の火にくべて、

「たしかに美優からの文は俺を思い出に浸らせた。けれども、あんなことになって、思い出が今になることはないのだとわかった。俺たちは生き方が違いすぎる。もう、美優に愛はない。けれども、どこかで生きていてほしいとは思っている」

静かに目を閉じて手を合わせた。

第四話　鬼が匂う

一

恩人の権太郎《ごんたろう》が非業の死を遂《と》げた後、明月亭希朝《めいげつていきちょう》は一月《ひとつき》ほど高座に上がらず、恩義の饅頭《まんじゅう》を位牌《いはい》に見立てて、花を欠かさず供養《くよう》を続けた。

「感じやすい希朝のことですから、自分が余計なことをしなければ、恩人は殺されなかったのにと、ずっと苦しみ悩んでおりました。それでも、やっと、すべては運命だったのだと諦《あきら》めがついたようで、心が噺《はなし》に向くようになりました。正直、こちらもほっといたしました」

明月亭の席亭《せきてい》、吉平衛《きちべえ》が源時《げんとき》の役宅まで挨拶に来た。

「ついては、お世話になった皆さんに御礼《おれい》がしたいと希朝が申しております。明日の夜、久々に上がる希朝の高座《こうざ》を聴いてやってくださいませ。一番いい席を押さえてあります。何やら、新しい噺を用意しているようです。御新造《ごしんぞう》さん、下《した》っ引《ぴ》きの花吉《はなきち》さんもご一緒にどうぞ」

居合わせた花吉は、

「希朝の新しい噺に一番乗りとは、おいら、夢みたいだよ」

膝を打って喜び、

「希朝さんの新境地を聴けるんですね」

稀世《きせ》は目を輝かせ、三人は希朝の新しい噺を聴く幸運に恵まれた。

寄席《よせ》の中は、一月ぶりに希朝が高座にあがるとあって、満員御礼、人と鬼がひしめきあって、これ以上はあり得ない熱気に包まれている。

「やっと希朝師匠、ご登場か」

「それにしても、なかなか出て来なかったのは、勿体《もったい》つけて、いずれ木戸《きど》銭《せん》を釣り上げるつもりだったのかね」

などという皮肉な囁きは少数派で、

「いいね、希朝も明月亭も。どんなに人気が出ても、かぶりつき以外は並んで席を取るんだし、木戸銭《きどせん》も上がらない。ここは最高だよ」

「それに何より、今夜は新しい噺だよ。演目《えんもく》は〝爺様と犬と熊〟か、こりゃあ、面白そうじゃねえか」

胸をときめかせながら、噺が始まるのを今か、今かと待っている向きが大多数であった。

座蒲団《ざぶとん》が運ばれ、屏風《びょうぶ》が立てられた。

源時は屏風の向こうに希朝の気配を感じた。

肩の肉が削《そ》げた分、首が長く伸びたように見え、薄緑色をしていたはずの髪がすっかり禿《は》げあがっている。

――それにしても、よほど堪《こた》えたのだろう。ずいぶんと、痩《や》せて窶《やつ》れてしまったものだ――

思わず、希朝を案じていると、

――旦那、それ、屏風の向こうが見えてるような物言いだよ――

届いてしまった花吉の心が訝《いぶか》しんだ。

どうやら、屏風の向こうは源時にしか見えないのだと改めてわかった。

〝爺様と犬と熊〟は、仲のいいお爺さんと飼い犬が、傷ついた熊を助けるところから始まった。

嘶しはじめたとたん、希朝の口は大きく耳まで裂けた。熊が猟師に撃たれて手負いになる場面と、爺様と犬が必死に助けようとする様子が生き生きと目に浮かぶ。

一人と二匹は木《き》を伐り、薪《たきぎ》にして、町へ出て売るという仕事に力を合わせて一緒に暮らし続ける。

熊は力があるので頼もしい。

のどかで楽しい様子が、熊は図体に似ず器用であるとか、犬の唾液《だえき》は万能薬で爺様のイボまで治してしまうとか、滑稽談《こっけいだん》を含んで次々に語られる。

希朝は絶好調で声もよく通る。

そのお爺さんもやがて寿命で死んでしまう。

すると、犬は墓の前で断食《だんじき》して後を追う。それを知った熊は急な坂道の中ほどにうずくまって岩になる。

ここでがらりと希朝の声音《こわね》が変わって、悲しみに溢《あふ》れてはいるが、重々しい底《そこ》力《ぢから》を感じさせる。

以来、荷車《にぐるま》を押して坂を登る際に、この岩の前で手を合わせると、不思議と荷が軽くなるようになったという。

「恩ある相手、助け合って生きた仲間を、死しても終生《しゅうせい》忘れたくないという気持ち――それほど、生きとし生ける者たちの間に結ばれる絆は、強く深いものなのでございます」

希朝はかーんと魂に響く清冽《せいれつ》な声でそう結んだ。

寄席が割れんばかりの拍手喝采《はくしゅかっさい》で包まれた。

希朝は心痛の極みを克服《こくふく》し、噺家として復活していた。

「わたし、今夜も涙が止まりません。お爺さんが亡くなった後の犬や熊についての語り口、真に迫《せま》ってて、思い出すと泣けてきて――」

帰り道での稀世の言葉に、源時は、

「きっと、希朝はやっと涙を芸にすることができたんだろう」

涙の痕《あと》に微笑みさえ浮かべていた希朝の顔を思い出していた。

それから半月ほど過ぎて、市中の柳の木々が、競い合うかのように、緑の吹き流しを風にそよがせる時季《じき》になった。

これという事件も起こらず、平穏《へいおん》な毎日が続いていたある日の朝、

「大変、大変。小石川《こいしかわ》は安藤坂《あんどうざか》の先、陸尺町《ろくしやくちよう》にある大枝垂《おおしだ》れ柳の下で骸《むくろ》が見つかった。首つりじゃないよ、たいそうな深傷《ふかで》だって」

花吉が駆け込んできた。

「今日はこの後、番屋《ばんや》まで握り飯を頼む」

朝飯前ではあったが、源時は十手《じつて》を持って立ち上がった。

陸尺町の大枝垂れ柳は、賑やかな表通りに植えられていて、もう、あと、一刻《いつこく》（二時間）もすれば、多くの人々が行き来する。

源時が急いだのは、集まってくる野次馬のものだけではなく、人の足跡や大八《だいはち》車《ぐるま》の轍《わだち》の跡で、多少なりとも残っているかもしれない、骸についての証《あかし》が失われることを懸念《けねん》したからである。

二人は小石川陸尺町へと走った。

幸いなことに、まだ、人だかりは出来ていない。

寝ぼけ眼《まなこ》で店を開け、目の前の大枝垂れ柳の下で骸を見つけて番屋に報《しら》せた、米問屋《こめどんや》の大黒屋《だいこくや》の小僧が、源時の顔を見てがたがたと震え始めた。

――鶉鬼《うずらおに》か――

小僧の禿《は》げた頭部は薄毛の茶色で、もちろん、口は裂けている。

「お役目ご苦労様でございます。てまえは大黒屋の大番頭《おおばんとう》を務めております茂吉《もきち》と申します。こんな恐ろしいことは、大黒屋始まって以来でございます」

茶の縞柄《しまがら》の着物を着て、小僧の傍《かたわ》らに立っていた男が緊張した面持《おもも》ちで頭を下げた。

こちらは正真正銘の人である。

「今から骸を検《あらた》める」

「何か、お手伝いすることはございませんか?」

「いや、無い」

源時は花吉と一緒に、うつ伏せに倒れている骸の前に屈み込んだ。

「酷《ひど》いな」

背中と首の肉が千切れて落ちかかっている。

仰向《あおむ》けにしたとたん、二人は目を被《おお》った。

引き裂かれた胸から心《しん》の臓《ぞう》が飛び出していた。

「あっ、五郎太《ごろうた》だ」

無傷の顔を見て花吉が叫んだ。

――火消しの五郎太は鷹鬼《たかおに》だよ。半月前、神隠しに遭《あ》った――

源時は花吉の心の呟きで骸の身元を知った。

人の姿の時に死んだ鬼は人の顔になるので、源時は骸から正体を見破ることはできない。

——これらの傷はすべて、鋭い鉤爪《かぎづめ》のようなもので抉《えぐ》られている。仲間内の喧嘩が高じてのことか？——

源時の問いかけに、

——普段、鷹鬼たちは群れないけど、可愛い娘を取り合う時に限って、男同士が激しく闘い合うって聞いてる——

——なるほど——

心の中で頷いた源時は、

「骸を番屋へ運ぶ」

茂吉と小僧に告げて、戸板《といた》の手配をさせた。

すると茂吉は、

「袖すり合うも何かの縁と申します。骸がこの大黒屋の前の大枝垂れ柳の下にあったのも何かのご縁。このまま、運ばれるのを見守っているだけでは、祟《たた》られでもして、商《あきな》いに障《さわ》りが出るやもしれません。見つけた又一《またいち》ともども、どうか、せめて一時、てまえどもにも、心ばかりの供養をさせてください」

小僧の又一に命じて、大黒屋の庭から、ほんのりと青く色づいている、紫陽花《あじさい》の花の枝を折らせてきて供《そな》えた。

こうして、鷹鬼五郎太の骸は番屋へと運ばれた。

「報《しら》せる身内《みうち》は？」

源時が訊《き》くと、

「五郎太は独り者です。身寄りはいません。だけど、あの通り眉の凜々《りり》しい男前で、仕事は花形の火消しだから、女には好かれてましたよ。選《よ》り取《ど》り見取《みど》りで楽しんでたはずですよ」

「その中でおまえの知った娘はいないか？」

「五郎太が神隠しに遭ったって、番屋に駆け込んできたお絹《きぬ》なら知ってます。水茶屋《みずちゃや》で一番人気のお絹は、女泣かせの五郎太に、ぞっこん、惚《ほ》れちまってるようでした」

「その娘を取り合っての喧嘩の果てかもしれない。すぐにお絹を呼んできてくれ」

「合点、承知」

花吉は番屋を出て行った。

二

花吉が呼んできたお絹は楚々《そそ》とした柳腰《やなぎごし》の乙女《おとめ》だった。

鬼ではなかった。

源時が骸に掛けられていた筵《むしろ》を取り除《の》けると、

「五郎太さん」

取りすがって泣いた。

泣き止《や》むのを待って、

「火消しの五郎太に間違いないか？」

源時は念を押した。

「間違い——ありません」

お絹はまだしゃくりあげている。

「五郎太がいなくなる前、何か不審《ふしん》な物言いはしていなかったか？」

お絹は虚《うつ》ろな表情で首を横に振った。

「見ての通り、五郎太は無残に殺された。殺した相手を捕まえることで、せめてもの供養と思ってほしい。それには、どんな仔細《しさい》なことでもいいから、思い出してもらいたいのだ」

源時の言葉に、

「あたしたち、夫婦《めおと》約束をしてました。あたしの水茶屋の年季が明けるのを待ちわびていました。それまでは、五郎太さんが、始終、お茶を飲みに通ってきてくれてたんです。何でこんなことに――」

お絹は先が続けられなくなった。

――おいら、五郎太がそこまで本気だとは知らなかった――

花吉の心が呟《つぶや》いた。

「生きていた時の見慣れていた五郎太と、この骸に違いはないか？」

源時は五郎太の顔の皮がたるみ、目尻に皺《しわ》が刻まれていることに気がついた。

髷《まげ》にも白いものがちらほらと混じっている。

「顔が小さくなって、少し窶れたような――」

お絹は愛した男の骸の顔を凝視《ぎょうし》したが、すぐに堪《こら》えきれなくなって目を伏せた。

「身体も見てほしい」

「困ります、まだ、あたしたち――」

一瞬、お絹の頬《ほお》が恥じらいの赤みで染まった。

――へええ、そういう仲じゃなかったんだ。今時、珍しいよな――

花吉は感動混じりに呆《あき》れた。

「店だけで会っていたわけではないだろう。暇をもらって、五郎太と舟に乗ったようなことは？　これ以上はない、思い出深い話が聞きたい」

源時も稀世と夫婦になる前、堀切《ほりきり》まで菖蒲《あやめ》の花を見に舟を使ったことがあった。その時、源時は稀世を抱きかかえて舟に乗り込み、はじめて、しっとりと柔らかな相手の身体に触れた。

今でも源時は菖蒲の時季になると、あの時の火のように熱い興奮と、稀世への狂おしいまでの愛《いと》おしさを思い出さずにはいられなかった。

――両親《ふたおや》がどんなに反対をしても、この女とはいつも一緒にいたい、決して別れられないと思った――

「舟には乗りませんでしたが、一緒に花火見物には行きました」

「花火よりも心を揺らす出来事があったはずだ」

「花火を見に行った両国橋《りょうごくばし》は人がいっぱいで、押されて転びそうになったあたしは、五郎太さんに抱き止められました。あの人の胸は分厚くて、汗臭くて、でも、とっても頼もしくて、あたし、思わず、〝このまま、二人だけになりたい〟なんて、はしたないことを口走ってしまったんです」

お絹は首まで真っ赤になった。

源時が五郎太の小袖《こそで》を脱がせると、

「ひ、酷い。こ、こんなに痩せて――」

お絹は頽《くずお》れそうになり、あわてて花吉が支えた。

五郎太の薄くなった胸には、肋骨《ろっこつ》が浮き出ていただけではなく、赤く太い筋が付いていた。

「これ、縄で強く縛られてた痕ですよね」

花吉が口走ると、

「あの人、縛られて身動きできなくされてたんですね。そんな風にされてた挙げ句、殺されるなんて酷すぎます」

唇を噛んで涙を堪えたお絹は、

「お願いします。どうか、あの人の仇《かたき》を討ってください。お願いです」

土下座して両手と頭を土間《どま》にこすりつけた。

「下手人《げしゅにん》を捕らえて、仇はきっと取る、約束する」

源時は言い切った。

お絹は花吉が水茶屋まで送り届け、源時は骸をくわしく調べはじめた。

気がついたことを、手控え帳に書き留めていく。

一　致命傷は心の臓へ届く裂傷《れっしょう》
二　全身に大小の裂傷
三　飢えに似た衰弱
四　強度の心労によると思われる俄白髪《にわかしらが》
五　胸部、手首、足首に縄の痕
六　口中の銀の匙《さじ》に変化なし
七　腋《わき》の下に金糸
八　両手の爪の間に肉片、米粒

戻ってきた花吉にこれを見せて、

「どう思う？」

源時は訊いてみたが、

「鷹鬼は一番強い鳥鬼《とりおに》ですから、酒か、薬でも飲まされてなきゃ、縛られたり殺されたりはしないはずですがね。でも、酒臭くなかったし、口ん中に入れた銀の匙も黒くならなかったってことは、力が出せるのに、捕まって、やられたってことで。さっぱり、わかんないですよ」

相手は首をかしげるばかりだった。

翌早朝、源時は例の神社へ行って、お堂の中で巻物を広げた。

鷹鬼については、最強の敵の一人であり、成敗《せいばい》は困難を極め、仕留めるのに、何人もの四天王が命を落としていると、壮絶な闘いの歴史が書き連ねてあった。

五郎太の一件に関わる記述が見つからず、気を落としかけていると、最後の一行にぶつかった。

以下のようにあった。

たいていの鬼は人と男女の交わりを持つことができる。鬼と人の血を半分ずつ引く子どもも生まれる。

相手が鬼とは気づかずに一生を終える人も少なくない。

ただし、この鷹鬼に限っては、相手に想いがあればあるほど、激しい行為に及ぶ。

相手が鬼であれば耐えられもするが、人となると殺してしまう恐れがある。

そのせいで、鷹鬼と人の夫婦は見かけたことがない。

そうだったのかと源時は得心し、早速、番屋で花吉にこの話をした。

「もしかしたら、五郎太は自分が鷹鬼であることを、お絹に話してるかもしれないですね。それが他の鷹鬼の耳に入って、見せしめになったのかも。見せしめで命を投げださなきゃ、可愛いお絹を引き裂いて、細切《こまぎ》れにしちまうとかって言われりゃ、五郎太も従ったかもしれませんね。鬼だってことは、決して、四天王以外の人に知られちゃならねえのが、鬼の掟《おきて》ですから――」

花吉はいつになく暗い顔をした。

重い空気の中でしばらく二人が沈黙《ちんもく》を続けていると、

「おはようございます」

腰高障子《こしだかしょうじ》が開いて、お絹が立っていた。

「昨日はすっかり、取り乱しちゃってて、思い出せなかったんですが、申し上げたいことがあります」

「それ、どんなこと？」

「話してくれ」

二人は身を乗り出していた。

「五郎太さん、花火見物の時、誘ったあたしに、〃俺だって、想いは同じだが、今の俺じゃ駄目なんだ。おまえを傷つけてしまうから。必ず、おまえを幸せにできる男になってみせる。その時はしばらく、姿を隠すが、きっとおまえのところへ戻ってくるから、それまで信じて待っていてくれ〃って。あたし、この時、五郎太さんには深い事情があるんだなと思いました。いなくなった時も、この時の言葉と関わりがあるんだって、ぴんと来ました。神隠しにあったなんて、実は思ってはいませんでした」

お絹はため息をついて、

「あたしの前にも好いた女がいて、きっと血を分けた子どもまでいるんだろうって想像してたんです。あたしを抱いてくれないのは、まだその女《ひと》や子どもに未練があるからだろうって。あたし、いなくなった五郎太さんは、その相手のところにいる。たぶん、あたしは捨てられたんだって思いましたが、とても諦《あきら》めきれなくて。それで、もしかしたらっていう、一縷《いちる》の希望《のぞみ》がほしくて、お役人に探してもらうことにしたんです」

源時と花吉が全く想像していなかった心情を吐き出した。

「でも、五郎太さんはあんな風に。深い事情は、あたしが思い込んでいたようなことじゃなかったような気がします。五郎太さんはあたしのところへ戻って来ようとしてたんです。それを誰かが――」

そう言うと、お絹はもう泣くまいと、唇を血の出るほど噛みしめて番屋から出ていった。

見送った花吉は、

「五郎太はお絹に自分の本性を告げていなかった。これは仲間内の見せしめじゃねえ。だとすると、いったい、誰が何のために？　わかんねえ、わかんねえよぉ」

細長い両手で小さな頭を抱えた。

一方、源時は、

〝今の俺じゃ駄目なんだ。おまえを傷つけてしまうから。必ず、おまえを幸せにできる男になってみせる。その時はしばらく姿を消す〟

と、お絹に話した五郎太の言葉に拘《こだわ》っていた。

——五郎太は本性を変えようとしていたのではないか？——

心の中で独りごちたつもりだったが、

——鬼は鬼の宿命を生きるもの、そんなの逆立ちしたって無理だよ——

花吉が返してきた。

三

この後、源時は花吉に命じて、五郎太がお絹と相思相愛になる前に、つきあいがあった女たちを調べさせた。

「話を聞けたのは五人だけだったですけど、どの女も女っぷりのいい女鬼《おんなおに》だったんですよ」

花吉の調べを聞いた源時は、ふと思いついて楽田《らくだ》狼太《ろうた》を訪ねた。

「美優《みゆ》が生きているとわかった」

楽田はほっとした顔で迎えた。

「文《ふみ》が来たのか？」

「いや、これさ」

楽田は鬼の顔になって、

「しばらく、このままの顔でいた。ありのままの姿でいると、鼻の利きがよくなる。それで、生きている美優の匂いを嗅《か》ぎ当てることができたんだ」

すぐに人の顔に戻ると、

「ただ、俺は今の自分と暮らしが好きだ」

源時のためにマンネンロウ茶（ローズマリーティー）を淹《い》れてくれた。

「元気のない顔をしてるな。この茶は、ぱっと心と身体を明るくする、まあ、飲め」

源時は一口啜《すす》って、

「本性を変えたいと思ったことはないか？」

切り出してみた。

「あるから、この暮らしをしてるんだ」

「食べ物や仕事も大事だが、暮らしには女手《おんなで》が必要ではないのか？」

「美優とのことは過去のことだ」

「妻にしたい相手が美優ではなく、人の女だったら？」

「それはあり得ない」

楽田は不快な面持ちになって、

「我ら狼鬼のような力の強い鬼が、人の女を好いて抱けば、想いが過ぎて殺してしまいかねないからな。人の女を攫《さら》ったばかりに、首を取られた酒呑童子《しゅてんどうじ》の轍《てつ》は踏むなと、俺は、祖父《じい》さん、祖母《ばあ》さんから諭《さと》されて育った」

「実は――」

源時は惨殺《ざんさつ》された鷹鬼五郎太の話をした。

「人の女を好いてしまった鷹鬼が、本性を変えようとしていたのではないかと言うのだな？　何とも不運な話だ」

「ところで本性を変える手立ては本当にないのか？」

最後に念を押すと、

「ない。人が鬼になれないのと同じだ」

楽田は大きく首を横に振った。

江戸川《えどがわ》に架《か》かる石切橋《いしきりばし》の袂《たもと》で飴売《あめう》り良吉《りょうきち》の骸が見つかったのは、それから三日後のことであった。

花吉から報せを受けて駆け付けた源時は仰天《ぎょうてん》した。

雀鬼《すずめおに》である良吉の骸にも、鷹鬼の五郎太同様、鉤爪が食い込んだと思われる傷痕があったからである。

「こいつ、死んでからそうは時が経《た》ってない。こんなにやられてから、何日かは生きてたんだ」

花吉は、良吉の身体を触り、だらりとぶらさがっている首と、寄ってきてはいるが、まだ、卵を産みつけていない蠅《はえ》の群れを指さした。

「普通は首が千切れかければ、すぐに死ぬはずだろ?」

――鬼だからではないのか? ――

源時は花吉の心に問いかけた。

――鬼だって不死身じゃないよ。それに雀鬼は数が多いだけで、一鬼一鬼の命の力は弱いんだよ――

番屋に運ばれて、良吉の骸は丹念に検られた。

これについて、源時は以下のように書き留めた。

一　首は皮一枚でつながっている。橋のまわりには血の跡がなかった。

二　骸と蠅の様子から、首皮一枚になってからも生き続け、石切橋に歩いて辿《たど》り着いた模様である。
三　身体には首の傷と同時期のものと、無数のまだ治癒《ちゆ》しきっていない傷が混在している。
四　爪の間に肉片と金糸。

「爪の間に肉片が詰まってるのは、五郎太と同じですね。金糸も、付いてた場所が違うだけで一緒だ——」

花吉は二体の骸の符合《ふごう》を指摘した。

「五郎太の爪の間の肉片が良吉のもので、良吉の方のが、五郎太のものだと考えれば、二人が闘ったことになる」

源時は二人の爪に挟まっていた肉片の正体を、知る手段がないのが残念だった。

「鷹鬼と雀鬼じゃ、勝負になんないですよ。鷹鬼と闘う雀鬼なんているわけないですし」

「そうだとしても、どこかで出会っているはずだ。この金糸がその証《あかし》だ」

「たしかに」

二人は懐紙《かいし》の上に取り出してある、金糸にじっと見入った。

源時はこれを懐紙ごと、役宅に持ち帰って、夕餉《ゆうげ》の間も膳《ぜん》の上に載せて、しげしげと見つめていた。

——せめて、この正体だけでもわかれば、多少の手掛かりになるのだが——

何度も箸《はし》が止まり、ため息をつく夫に、

「その金糸が気がかりなのですね？」

稀世が言葉をかけてきた。

「いったい、これが何なのか、見当もつかない」

源時は首をかしげた。

するとと稀世は懐紙の上に目を近づけて、

「これと似たものを見たことが、一度だけございます。医家《いか》に奉公《ほうこう》していた頃でした。大身《たいしん》の御旗本《おはたもと》の千田《せんだ》様のお屋敷で、年賀のお客様方を迎えていた千田様が倒れ、先生と一緒に駆け付けました。心の臓の発作《ほっさ》で亡くなった千田様は、爪の間に金糸を残されていました。先祖代々受け継がれている、金糸で縫い取りされた陣羽織《じんばおり》を着ていた千田様が、胸を掻《か》きむしった時に、金糸が剝《は》がれて挟まったのです。金糸の色は陣羽織が年代物なので、これより、もう少しくすんでいました」

――この金糸の色が明るいのは、最近、拵《こしら》えられた陣羽織ということか？　だが、火消しや飴売りが、武家にしか受け継がれていない陣羽織をなぜ着ていたのだ？――

その夜、源時はなかなか寝付けず、気がついてみると夜が白《しら》んでいた。あることを思いついて起き上がり、稀世を起こさないように音を立てずに身支度した。

いつもの神社へと歩き、お堂へと入った。

雀鬼について書かれた箇所を探して読んだ。

雀鬼は弱小の鳥鬼であるが、こんな言い伝えが残っている。

聞いた話によれば、雀鬼は色恋の勝負に勝つために命を賭けることがあるという。

相手への想いを遂げるために、姿を大きく強く変えることができるというのだ。

その手段は米である。

出雲《いずも》の国に古くから伝わる、ある種の米であるそうだ。暗闇で光るこの米を存分に摂《と》り、〝強くなる、決して負けない、勝つ〟と念じ続けると、最強の鳥鬼である鷹鬼にも勝《まさ》る、怪鳥鬼《あやしとりおに》になることができるという話だった。

ただし、姿を大きく変えた雀鬼は一時、不死とはなって勝利するものの、ほどなく、力尽きて死ぬとされている。

暗闇で光る米はどこでとれるのかもわからないし、この話の真偽のほどは定かではない。


この時、不意に背後に気配を感じた。

咄嗟《とっさ》に源時が刀を抜いて身構えると、

「邪魔するよ」

聞き覚えのある嗄《しゃが》れ声が聞こえて、お堂の扉が開いた。

「久しぶりだな」

白い歯並を見せて笑った年齢不詳の男は、四天王の一人、渡辺久右衛門《わたなべきゅうえもん》だった。

白髪と皺深い顔に似合わない、がっしりとした体つきと俊敏《しゅんびん》な動きを持ち合わせている。

お堂の中は薄暗く、黒い着物の肩に背負った鉞《まさかり》の銀色がぴかっと鋭く光った。

「ちょっと見ない間に、用心深くなって、多少は四天王らしくなったじゃないか」

久右衛門はお堂の板敷きの上に胡座《あぐら》をかいた。

祖父の遺した文を読んで以来、源時は、どこからともなく現れて、自分の居所を突き止めた久右衛門のことが気になっていた。

「あんたのおっかさんがあんなことになった時から、ずっと俺は、海老屋《えびや》の子になったあんたを見守ってきた」

「祖父に同心株《どうしんかぶ》を売ってくれて、田舎《いなか》に隠居した同心も四天王だったんですってね」

「うむ。わしはあんたの祖父さん、八兵衛《はちべえ》さんに頼まれて、四天王の末裔《まつえい》を探した。あんたのおっかさんを看取《みと》った八兵衛さんは、〝孫にはそんな修羅の道しかないのか?〟と何度も念を押してきて、そのたびに俺が頷くと、やっと諦めて首を縦に振った。血のつながりはないのに、あんたのことを心底心配してて、いい祖父様だったぞ」

――そうだったのか――祖父ちゃん――

源時は目頭《めがしら》が熱くなった。

「あんたの話はこのぐらいにしておこう。あんたは、わしが市中に舞い戻ってきた理由《わけ》が知りたいはずだ」

「今、それを訊こうと思っていたところだ」

「この市中で、殺されるはずなど滅多にない鷹鬼と、敵に立ち向かわずに、逃げるか、殺されるかの運命の雀鬼が、揃って、不審な死に方をした――。どうだ？　俺は地獄耳だろう？　捕り方のあんたから、くわしい話を訊きたい」

久右衛門は源時が広げている巻物をちらりと見た。

四

源時は五郎太と良吉の骸について話した。

すると久右衛門は、

「なるほど、思っていた通りだ。実はよく似た骸が半年ほど前に上方《かみがた》でも出て、すぐに駆け付けたのだが後の祭りだった。暇を持て余している金持ちたちに、種《しゅ》の異なる鳥鬼たちによる、真剣勝負の舞台を見せて儲《もう》けていたのだとわかったものの、逃げられてしまったのだ」

「種の異なる鳥鬼たちとは、強い鷹鬼と弱い雀鬼を闘わせるということか？」

「そうだ。鳥鬼の中には雀鬼のように、特異な食べ物によって、最強の鷹鬼を斃《たお》す力を持つ種がいる。悪い奴らはこれに目を付けた。強いはずの鷹鬼が、弱いとされている雀鬼に、激闘の末、斃される場面はさぞかし見応えがあるだろう」

——贅《ぜい》を尽くした陣羽織は闘いの舞台を引き立てる、五郎太の装束に使われたのだ——


源時の頭に、金糸の縫い取りのある陣羽織を着て、闘うために距離を詰めている五郎太の姿が浮かんだ。

縮《ちぢ》こまるようにして舞台の端《はし》に立たされ、震えていた雀鬼の良吉は、光る米を口に押し込まれると、縛られていた縄をぷつんぷつんと音をたてて断ち切ると、ぐんぐんとその身体が大きく力強く膨れ上がっていき、嘴《くちばし》が大きな鎌のように伸びて、久右衛門と二人で仕留めた巨大な鳥鬼ほどの大きさになり、鷹鬼の五郎太を見下ろしている。

怪鳥鬼となった良吉の鉤爪が五郎太の陣羽織を引き裂いた。

陣羽織の金糸の縫い取りが破れて、五郎太の腋の下に隠れた。

「鬼であっても、五郎太も良吉も人に悪さなどせず、ごくありきたりの幸せをもとめて生きていたはずだ。それがこんな酷い目に遭わされるなんて——。上方から江戸に移ってきて、悪事を続けている連中を俺は断じて許せん」

源時はきっぱりと言い切った。

「実はあんたのその言葉を聞きにきた」

久右衛門はにやりと笑った。

「それでは――」

「この事件は手強いが、どうか、悪党を一網打尽《いちもうだじん》にしてほしい。四天王にして定町廻《じょうまちまわ》り同心《どうしん》のあんたの心意気を見せてもらいたいものだ」

「やり遂げてみせる」

「ただし、命賭けで立ち向かわなければならぬ相手かもしれぬぞ」

「首領は悪鬼と化した鳥鬼、最強の鷲鬼《わしおに》か？」

鷹鬼の大型種である鷲鬼は、鷹鬼の中でも群を抜いて力が強い。

源時は久右衛門の役目は、邪悪な鷲鬼退治ではないかと思っている。

なぜなら、久右衛門は暮れに人の子どもを攫《さら》って食う、鷲鬼と思われる鳥鬼を追いかけて成敗し、今回は地獄耳で鳥鬼たちの不審な骸を聞きつけてきた。

「それは何とも言えない」

久右衛門は曖昧《あいまい》に応えると、

「しっかりやれ」

お堂を出て行った。

この後、役宅に戻って朝餉《あさげ》を摂っていると、

「大変、大変」

花吉が息を切らして走り込んできた。

「今、お絹が番屋にいるんです。飴売りの良吉の骸も供養したいって言ってます。どうなってるんですかね、これ？」

「すぐ、行く」

源時が身支度を終える前に、稀世が手早く拵《こしら》えた握り飯を花吉に持たせた。

お絹は青い顔で番屋の壁にもたれるように立っていた。

「良吉さんまで、こんな目に――」

「良吉を知っているのか？」

源時は巻物に書かれていた、〝雀鬼は色恋のために命を賭けることもある〟というくだりを思い出していた。

「前に住んでいた長屋の幼馴染《おさなな》み《じ》です。良吉さんのことは、その長屋の人があたしに報せてくれたんです。良吉さんの両親《ふたおや》は流行病《はやりやまい》が元でとっくに亡くなってい
て、五郎太さん同様、身寄りがいません」

「良吉に想いを打ち明けられたことはなかったか?」

源時はずばりと訊いた。

「ありました。でも――」

「断った?」

「ええ」

「想う五郎太が既にいたからか?」

「良吉さんからは、五郎太さんと出会う前に打ち明けられました。それからもたびたび――」

「良吉は諦めなかった――」

「はい。最後には子ども相手の飴売りと、花形の火消しでは、月とすっぽんだからかと言われ、もう、これ以上は幼馴染みとしても、会ってはいけないと思いました。あんなにいい人だった良吉さんの心根《こころね》が、あたしと関わって、醜く歪《ゆが》んでしまうのが堪らなかったからです。あたしの口からはっきり伝えました」

「それはいつのことか?」

「大晦日《おおみそか》でした。年が明ける前にけじめをつけたかったんです。五郎太さんとは、どんなことがあっても、離れない、添《そ》い遂げると言いました」

「その時、良吉は何と言った？」

「そんなこと、できるわけがないと言って、〝あれはまだのはずだ〟と声を潜《ひそ》めました。あたしはそんな詮索《せんさく》する良吉さんに虫酸《むしず》が走り、逃げるように家に帰りました」

「それでも、良吉は諦めなかったはずだ」

「文が三日にあげず届きました。〝五郎太以上に強い男になる〟と書いてありました。あたしは五郎太さんの強さではなく、優しさに惹《ひ》かれたのに――。それで良吉さんの文はそのたびに破って燃やしました」

「良吉は押しかけてはこなかったのか？」

「水茶屋の方に一度。お客として上がったので無下《むげ》にはできず、話を聞きました。何ともおかしな話でしたけれど」

「話してくれ」

「近く、五郎太さん以上の力のある男になれるのだという話でした」

「誰かが、そうなるよう力を貸してくれるのだとは言っていなかったか？」

「はい。そう言っていました。良吉さんは自分の夢に酔っているような目をしていて、〝俺は誰よりも強い、負け知らずの相撲《すもう》取りにだってなれるんだぞ。火消しなんて目じゃない。そうなったら、お絹ちゃんとすぐに祝言《しゅうげん》だ〟と途方もないことを叫んでいました。小柄で喧嘩一つしたことのない良吉さんだったというのに――。それが最後でした。こんなことになるなんて――」

お絹は涙の代わりにため息を洩らし、源時に良吉の骸を長屋に届けてもらうことを約束して、帰っていった。

「邪魔をする」

お絹と入れ替わりに、楽田狼太が番屋にのっそりと入ってきた。

「悪いが、今の話は聞かせてもらった」

楽田は土間に横たえられている良吉の骸を凝視して、

「こいつは間違いなく鷹鬼にやられた傷だ」

言い切って目を怒らせ、

「その鷹鬼もこいつと同じように、身体を鉤爪で抉《えぐ》られて死んだのだろう?」

源時に念を押した。

「話があるのでは?」

源時は水を向けた。

そうでなければ、隠遁《いんとん》に等しい暮らし方をしている楽田が、わざわざここまで、出向いてくるはずもなかった。

「おまえが帰った後、どうにも心が落ち着かなくなった。薬草の世話にも気持ちを集中できない。なぜかと考えて、本性を変えようとした鷹鬼男のせいだとわかった。好きな女のために、そこまでやろうとした奴の心情に打たれた。美優のために自分を捨てることができなかった俺の感傷かもしれんがな。ついては、その男をそんな目に遭わせた奴らに思い知らせたくなったんだ。おまえの手伝いがしたい、そう思ってここへ来て、さっき帰っていった美女の話を洩《も》れ聞いてしまったというわけだ」

「時に強い想いは弱みになる。悪党は、同じ女に想いを寄せている二人の男の弱みにつけ込んだのだ」

「ますます許せんな」

楽田は今にも吠え出しそうな狼鬼の顔になった。

「手掛かりがもう少しあるといいのだが――」

呟いた源時に、

「手掛かりならあるぞ」

楽田は立ち上がった。

「行こう」

「どこへ？」

まだ、座ったままの源時に、

「雀鬼の良吉とやらは、鷹鬼の五郎太以上に強くなれるようにしてくれる誰かがいると、女に話していたではないか？」

楽田は自信ありげに言い切った。

「しかし、広い市中で、それが誰かを突き止めるのは至難《しなん》だ」

「俺ならできる、とにかく、ついて来い」

「わかった」

源時は花吉に留守を頼んで楽田と共に番屋を出た。

楽田の足は南伝馬町《みなみてんまちょう》へと向かっている。

——もしや——

はっと気がつくと、

——そのもしやだよ——

——薬種問屋《やくしゅどんや》の永元堂《えいげんどう》か——

楽田は、狐鬼である永元堂の主《あるじ》の治郎右衛門《じろうえもん》に、チョウセンニンジンなどの生《しょう》薬《やく》を納めている。

――蛇《じゃ》の道は蛇《へび》、あいつなら、たいていの悪事は知っているだろう――

二人は永元堂の店先に立った。

「お役目にて、主に会いたい」

源時が十手を見せても、

「旦那様は風邪気味でございまして――」

手代《てだい》は目を伏せたが、

「我らに会わねば、今後一切、楽田園《うち》の薬草は売らぬがよいかと、奥にいる主に言ってくれ」

いよいよ楽田が大声をあげると、暖簾《のれん》の向こうで様子を覗《うかが》っていた大番頭が駆け寄ってきて、

「はっ、はい、只今」

治郎右衛門に取り次ぎに走った。

五

「まあまあ、お二人とも、お揃いで何用でございましょう」

客間で待っていると、急いで顔の産毛《うぶげ》に白粉《おしろい》を叩《はた》き付けた治郎右衛門が障子を開けた。

「嫌ですよ、楽田様、天下一品のチョウセンニンジンを売っていただけなくなっては、この永元堂は干上がってしまいます」

狐鬼は愛想《あいそ》を振りまいたが、

「楽田園の薬草を当てにして薬種問屋を開いていなくても、あんたにはもっと、色よい商いの道があるのではないか？」

ぴかぴかと目を光らせて楽田は迫った。

「おや、怖い顔」

治郎右衛門がたじろぐと、

「狡《こす》い顔よりはましだ」

楽田は言ってのけた。

「実は折入《おりい》って、おまえに聞いてほしい話がある」

そこではじめて源時は口を挟み、鷹鬼五郎太と雀鬼良吉の不審な骸について、お絹の話と巻物にあった記述にもとづいて順序立てて話した。

「ひぇーっ、それじゃ、光る米とやらで一時《いっとき》不死身になった雀鬼が、最強の鷹鬼を斃して死んだってことなんですね。よりによって、それが芝居小屋や寄席、相撲見物みたいな、商いになってるんですって？　そんなの見たことも聞いたこともありません。凄い話でとても信じられませんけど、八丁堀《はっちょうぼり》の旦那の話となれば本当なんでしょうねぇ」

治郎右衛門はのけぞって驚いて見せた。

――ほんとうに何も知らないのだろうか？　――

源時の心の呟きに、

――狐鬼《きつねおに》のことだ、嘘に決まっている――

楽田の心が応えると、

「お疑いなんですね、何とも情けない」

二人の心と話せる治郎右衛門は、片袖を目に当てた。

「嘘泣きも狐鬼には得意の技だろうから、そんなことをして見せても無駄だ。あんたも鬼なら鬼らしく、鬼仲間の仇を討つ手伝いをしてはどうか？」

楽田は治郎右衛門に迫った。

「それはもう、楽田様や八丁堀の旦那がそうしろとおっしゃることなら、その通りにお手伝いしますよ。ほら、目は口ほどにモノを言う、この通り、あたしの目は誠《まこと》を湛えております」

治郎右衛門は実は驚いても泣いてもいなかった細い目を精一杯瞠《みは》った。

「だったら、五郎太、良吉の一件で知っていることを今、話せ」

楽田の目は光り続けている。

「そうはおっしゃっても、ほんとにほんとに何も知らないんです。知らないものは話せっこないでしょう」

「利に聡《さと》いおまえが知らないわけがない」

「あたしはただの薬種問屋の主です。捕まれば首が飛ぶような、危ない商いに手を染めるわけないですよ。これでも小心者なんですから」

「おまえが仲間だとは言っていない。だが、あこぎな商いの誘いは受けたはずだと言ってるのだ」

「そんな誘い、受けてません。ほんとですほんと——」

泣くような声で治郎右衛門は必死で白《しら》を切り通し、しばらく客間は重い沈黙に閉ざされた。

するとそこへ、

「明月亭の席亭さんがおいでになりました」

手代が障子越しに伝えた。

「やっと、贔屓《ひいき》客の皆さんに希朝の新作をお聴かせできることになったんだね」

障子を開けた治郎右衛門が、にっこりした。

「さあ。でも、たぶん」

「ここへお通しして」

「はい」

手代が障子を閉めると、

「実は明月亭の席亭に粘って、一番いい席を買い占めることができたんですよ。そこで、狐が出てくる新作を披露《ひろう》してもらおうというわけなんです。希朝の狐モノは笑って、泣けて、なかなかですから。これには楽田様も旦那もお招きしますよ」

治郎右衛門は巧みに追及を逸《そ》らそうとした。

「お邪魔します」

吉平衛が入ってきた。

源時と顔が合って、

「お久しぶりです」

鼠鬼《ねずみおに》の顔になった一瞬、増えた白髪と皺が目立って見えた。とにかく浮かぬ顔であった。

「困ったことになりました」

吉平衛は治郎右衛門に頭を下げた。

「おおかた新作が難航《なんこう》してるんでしょう？　噺家の新作には産みの苦しみが伴うんだってことは、こっちは百も承知。何とか、間に合わせてくださいな。席料を上げてくれてもかまいませんよ。皆さん、特別な待遇にはお金を惜《お》しまない方々ばかりですから」

治郎右衛門は如才《じょさい》ない口調で抜け目なく算盤《そろばん》を弾《はじ》いた。

「希朝は高座が務められなくなりました」

「それ、いったい、どういうこと？」

治郎右衛門は目を吊り上げた。

「五日前から明月亭に来ないんです。住まいにも行ってみましたが、おりませんでした」

「吉原に好きな女でもできて居続けてるんじゃないの？」

治郎右衛門はにやりと笑った。

「念のため、吉原中を探しましたが、希朝と思われる客は見当たりませんでした。希朝がこのところ、毎日のように通っている、よろずお役立ち屋にも行ってきました。永元堂さんがよろずお役立ち屋に頼んで、差し入れてくださった、トカゲの姿焼きに、たいそう感動した希朝は、すっかり、この料理の虜《とりこ》になってしまったんです。何でも、疲れていた身体と心に元気を取り戻せて、とびきり、いい噺を思いつき、絶好調で噺すことができそうだと言っていました。希朝の永元堂さんへの感謝の気持ちが、今回の新作発表だったのです」

ここで、突然、

「今、トカゲの姿焼きと言ったな？」

楽田が目を剝《む》いた。

「間違いないな？」

楽田に念を押された吉平衛は、

「間違いございません」

さすがに真っ青になった。

「おい、狐鬼」

楽田は治郎右衛門を見据えた。

「やっと尻尾を出したな。おまえ、何の魂胆《こんたん》があって時鳥鬼《ほととぎすおに》の希朝に、トカゲなぞ食わそうとしたのか？」

「あ、ありません、こ、魂胆なんて――」

へどもどする相手の胸倉を摑《つか》んだ楽田は、

「正直に話さないと、この首をへし折るぞ」

「わ、わかりました。だ、だから、は、放して、お願い――」

「よし」

やっと放してもらった治郎右衛門はげぼげぼと咳をこぼした後、

「あたしは何としても、明月亭の一番いい席で、希朝の新作を狐で聴きたいと思ってました。自慢じゃありませんが、大店《おおだな》の主たちには狐鬼の金持ちが多いんです。皆さんは狐の噺が大好きなんで。それで、これは商いになると踏んだんですよ」

観念して話し始めた。

「贔屓客《ひいき》のためというのはやはり、嘘だったのか」

源時は呆《あき》れた。

「それで、よろずお役立ち屋に何を頼んだのだ？」

楽田は厳しい口調で先を促した。

「狐の新作を希朝に書かせるのには、どうしたらいいかって相談しました。希朝さえ、その気になってくれれば、何だかんだ言ってても、席亭は、こっちのために、いい席を都合してくれるだろうってことはわかってましたから」

これを聞いた吉平衛は憮然《ぶぜん》とした面持ちになった。

「よろずお役立ち屋とはいったい何者だ？」

市中を廻って通じているはずなのに、源時は、そのような稼業を耳にしたことがなかった。

「間に入ってる猿鬼《さるおに》の口入屋《くちいれや》の久松《ひさまつ》によれば、半年ほど前に、上方から移ってきた人がやり始めた裏稼業だそうです」

――鬼ではなく、人だったとは――。それでお堂で会った久右衛門は言葉を濁していたのか――

源時は相手が鬼ではなく、人だという話に衝撃を感じた。

——人が鬼たちの命を弄《もてあそ》んで金にしているとは世も末だ——

「それでそのよろずお役立ち屋に相談したのだな?」

源時は知らずと治郎右衛門を仇のように睨《にら》み据《す》えていた。

「ええ、猿鬼の久松を通して」

「相手には会っていないのか?」

「それがこの手の頼み事の掟《おきて》です。お願いです、それ以上、怖い顔をしないでください。あたしは正直に話してるんですから。よろずお役立ち屋は口では言えないような危ない仕事も引き受けると聞いてましたけど、背に腹は代えられないという気持ちで頼んだんです。そうしたら、希朝にトカゲの姿焼きを届ければ、間違いなく、こっちの思い通りになるって言うので、そのようにしたんです」

「もしや、それは雀鬼に与える光る米と同様で、時鳥鬼にはトカゲの姿焼きでは? どちらも、光る米とトカゲの姿焼きを過食させられた挙げ句、不死身の闘士になって、相手を斃した後、果ててしまうのでは?」

楽田と目と目を合わせた源時は、すぐにも、あの神社のお堂へ走って、正確なところを巻物で調べたいと思った。

話が摑めずに首をかしげた吉平衛のために、源時はよろずお役立ち屋の企みを繰り返して説明した。

「よりによって、うちの希朝が狙われたなんて——ああ、何てことだ。そういえば、それによく似た話を子どもの頃、聞いたことがありました。〝とおりーよ、鳥よ、お飯は光ってあの世行き、トカゲを食うても冥途《めいど》行き〟っていう歌でした。あれにはそんな恐ろしい意味があったんですね。あの歌を少しも思い出さなかったのは迂闊《うかつ》でした」

吉平衛はぴしゃりと自分の半白髪の頭を叩き、

「いつ、怪鳥鬼になるかわからない鳥鬼には、たとえ小さな雀鬼でも近づくなと、両親から言われて育った。小さい鳥鬼ほど大きな魔力を秘めているのだとも——。だから、考えられないことじゃない」

楽田が大きく頷《うなず》いた。

「何もかもあたしのせいですよ。何とかしなきゃ。希朝に何かあって、もう、あの噺が、特に絶妙な狐噺が、聴けないと思うと矢も立ててもたまりません。あたしにだって、純な気持ちの持ち合わせはあるんです」

白粉が剝げて産毛ばかりとなった治郎右衛門は正真正銘の泣き顔になって、

「皆さん、どうか、どうか、お手伝いさせてください」

ぺこぺこと頭を垂れた。

六

「見世物が怪鳥鬼と鷹鬼の殺し合いなら、それなりの広い場所が要るはずです。わたしは早速、仲間の小屋主たちに当たってみます。誰か、客が入らなくなった小屋を、悪党たちに売り渡しているかもしれません」

吉平衛が一番先に永元堂を出て行った。

「俺は確かめたいことがある」

源時は時鳥鬼とトカゲ食いについて、きちんと知っておくべきだと思った。

「そうか、それでは先に帰れ。こっちはまだ、こいつに訊きたいことがある」

楽田は永元堂に残った。

弥生月《やよいづき》の末とはいえ、八ツ刻（午後二時頃）を過ぎると、じわじわと陽《ひ》が翳《かげ》ってくる。

源時は走って例の神社のお堂に辿り着いた

巻物は時鳥鬼について以下のように語っていた。

鶯《うぐいす》に託卵《たくらん》する本家本元の時鳥と異なり、時鳥鬼はおおむね、内気で謙虚《けんきょ》な気質《きしつ》である。並み外れて感じる力と思いやりがあり、もちろん賢いが狡《ずる》さは無い。

だが、ひとたび、本家本元の好物であるトカゲを口にすると止まらなくなり、百匹食べたところで、ついには巨大な凶暴、残虐《ざんぎゃく》な怪鳥鬼に豹変《ひょうへん》する。

人にはこれが、小さな男が大きな相手を斃すようにしか見えないため、針で鬼を退治する〝一寸法師〟の話となった。

救いは雀鬼同様、怪鳥鬼と化する頻度《ひんど》が少ないことである。

もっとも、雀鬼を怪鳥鬼に変える光る米は、正体が知れない稀少《きしょう》なもので、恋敵《こいがたき》のいる雀鬼がこれに出会って、食する可能性は非常に低いのだが、時鳥鬼にトカゲとなるとありふれている。

それでいて、時鳥鬼が滅多に怪鳥鬼と化さない理由は、時鳥鬼の子どもたちが、トカゲは禁忌《きんき》の食べ物だと、先祖代々教えられ、むしろ恐れて育つからである。

ただし、両親が早世《そうせい》するかして、何も教えられていない時鳥鬼は、トカゲをうっかり食して変事《へんじ》となることがある。

唯一、この変事を危機一髪、回避する一句が以下である。

トカゲ食う腹を押そうか時鳥

時鳥鬼から化した怪鳥鬼は、怪鳥鬼の中でも最強の部類に入る。鳴き声までも武器にできる手強《てごわ》い相手である。雀鬼と違って、不死身でいる間が長く、闘い続けても寿命がなかなか尽きないという話も聞いた。

——あの繊細《せんさい》で優しい心根の希朝が殺戮《さつりく》に取り憑《つ》かれてしまうのか——

読み終えた源時は戦慄《せんりつ》を覚えた。

番屋に戻ると花吉が待っていた。

希朝の失踪と五郎太、良吉の骸との関わり、よろずお役立ち屋の関与を花吉に聞かせると、

「そんな悪い奴がいるなんて、おいら、信じられないや。鬼、いや、人の風上にも置けない奴ですよ、そいつは——」

憤《いきどお》りの余り、手足が壁と天井に届くほど伸びた。

この日の夜、二人は番屋に詰めることにした。

「その殺し合い見物をする場所さえわかれば、希朝がどこに攫《さら》われてるのか、見当がつきそうですが――」

「それは今、明月亭の席亭が小屋主《こやぬし》を当たってくれている」

四ツ（午後十時頃）近くになって番屋に現れた吉平衛は黙って首を横に振った。

「市中の小屋や使われていない大きな蔵を、しらみ潰しに調べてもらいましたが、その手のものなぞありませんでした。今頃、希朝は――」

肩を落として帰る吉平衛を見送った後、

「あーあ、やっぱり駄目か」

ため息を洩らした花吉を、

「勝負はこれからだ」

源時は励《はげ》ました。

ほどなく、とんとんと腰高障子を叩く音がした。

真っ青な顔をした狐鬼の治郎右衛門を花吉が迎えた。

「どうしたんだ？」

一人になった楽田が、治郎右衛門と何の話をしたのかが気になった。

「あああ、あああ、ああ、はあ、はあ」

走ってきた様子の治郎右衛門は息を切らしている。

「ま、水でも飲んで」

花吉が水の入った湯呑みを渡した。

「もうぅ、眠れなかったんですよ。あたしは寝不足に弱いんです。夕餉も朝餉も箸を取る気がしなくて、このまま、心労で死ぬんじゃないかと思いました。一刻も早く、旦那にお伝えしなければと思ったんですが、あたしは夜道が怖いんです」

水で喉を潤した治郎右衛門は俄然、饒舌《じょうぜつ》になった。

「早く心労の理由を話せ。あれから楽田とどうした?」

源時は相手を促した。

「そうです、そうです、楽田様の心配なお話なんです。あの後、楽田様はどうしても、口入屋の猿鬼の久松の居場所を教えろとあたしに迫りました。はじめは断りましたよ。だって、久松は儲けのためなら、少々の悪事は平気で働いてる、後ろ暗いところのある奴なんで、いきなり、楽田様に訪ねて来られたら迷惑すると思ったんです。この手のことは鬼から鬼、人から鬼、鬼から人というように、つまりは、コネで成り立ってるんだと言うと、それなら、一緒に行って案内しろと。とにかく楽田様は強引でした。断れなくなったあたしは、楽田様を、本郷《ほんごう》の仕舞屋《しもたや》に住んでいる久松のところへ連れて行きました。そうしたら、旦那、いったい、何が起きたと思います？」

「勿体《もったい》ぶらずに続けろ」

「久松の家の敷居を跨《また》いだとたん、楽田様めがけて、鉄で出来た大きな網が降ってきたんですよ。久松には何人もの猿鬼の手下がいます。そいつらが、しっかりと鉄網の端を握っていました。久松が出てきて、〝いい客を連れてきてくれてありがとう。ご苦労でしたね、治郎右衛門さん、もう用はないよ〟と言って、にんまりと満足そうに笑いかけてきました」

「それ、久松と示し合わせてたんだろ？」

花吉は治郎右衛門を不審な目で見た。

「違います、違います、絶対に違います。あたしは楽田様に迫られて、久松のところへ案内させられたけです」

治郎右衛門は必死で誤解を解《と》こうとした。

「相手は希朝と闘わせる強い鬼を、捕らえようとしていたのかもしれない。狼鬼なら文句のないところだろう」

　源時の言葉に、

「きっとそうです、そうに違いありません」

　治郎右衛門は何度も頷いて、

「だから、楽田様の身の上が案じられるんです」

　さらにまた青ざめた。

「それで楽田が囚《とら》われている場所はわかっているのだろう?」

　狐鬼も狼鬼ほどではないが、鼻が効くはずであった。

「すみません、皆目《かいもく》わからないんです」

　治郎右衛門は項垂《うなだ》れた。

「ああ、やっぱり、示し合わせてたんだ」

　花吉は冷たいまなざしを向けた。

「楽田様のことが気になって、それからずっと久松の家を見張っていました。夜《よ》更《ふ》けて、被いのある大きな四角い箱が、大八車に乗せられて久松の家を出たんです。あたしは夢中で追いかけました。けれど、下駄を履《は》いていたのがよくなかったんです。下駄の音で気づかれ、大八車が坂道の前で止まると、手下の猿鬼たちがいっせいにあたしに飛びかかってきました。十人はいました。このまま、引き裂かれて殺されるのかもしれないと思うと、あまりの恐ろしさにあたしは小便を洩らしてしまいました。それで、後では、もう、何もかも、そこがどこだったのかさえも、わからなくなってしまったんです」

治郎右衛門はあまりの情けなさに啜り泣いた。

狐鬼の小便には、自身の匂いも含めて、ありとあらゆる匂いを消し去ってしまう力があった。

「使えないにもほどがあるよ」

花吉は治郎右衛門を詰《なじ》ったが、

「不本意にも、振り出しに戻ってしまったようだが、きっと、悪党たちはどこかに殺し合いの見世物の舞台を隠している。これはお上に知られてはならないものだから、こっそり、夜陰に乗じて開演するはず。人目が避けられて、客以外には、誰にも、闘いの唸《うな》り声や、断末魔《だんまつま》の声が聞こえないところであればどこでもいい

——どこか、思い当たらないものか？」

源時は額を何度も拳《こぶし》でしごいた。

「鳥鬼たちのことですから、飛んで相手を攻撃するでしょうね。天井の代わりに

空ってことにすれば、鳥鬼たちも飛び放題でしょうけど、そんな都合のいい場所なんて、あるもんでしょうかねえ？」

恐る恐る口を挟んだ治郎右衛門の言葉に、

「たしか、年が明けてすぐ、江戸川沿いに卒塔婆《そとうば》や墓石が捨てられていたことがあったな」

ふと思い出した源時が花吉に訊いた。

「あった、あった。墓泥棒の仕業だってことになりました」

「仏像や仏具も捨てられていたな」

「金になんないからでしょう」

「墓泥棒の狙いは棺桶の中にあるお宝だ。わざわざ、卒塔婆や墓石、仏像、仏具まで捨てる必要はあるだろうか？」

「旦那っ」

花吉は興奮の余り、蚊蜻蛉鬼《かとんぼおに》の顔になっていた。

「あの時、旦那から、〝卒塔婆や墓石を捨てられっ放しにするのはしのびないから、戒名《かいみょう》でわかる相手には返してこい〟って、おいら、言われた。やってみると、ほとんどは引き取り手なしだったけど、一、二件は返すことができた。その時、返した相手から卒塔婆や墓石のあった寺の名を聞きました。雑司ケ谷《ぞうしがや》にある高明寺《こうみょうじ》。廃寺ばっかりが並んでいるところで、幽霊町とも言われてます。たしかにここなら、夜中、誰がどんな騒ぎをしても、わかりっこない」

早速、二人が高明寺まで出向こうと立ち上がると、治郎右衛門も、

「あたしもお供させてください」

ついて来ようとした。

「どうせ、足手まといだよ」

花吉は嫌な顔をしたが、

「頼み事がある」

源時はまずは治郎右衛門に、狐鬼の尿を染ませた葉を求めた。

「そんなもんでよかったら、お安い御用です」

「有り難い。これで匂いで見張りたちに感づかれる心配はない。それからもう一つは――」

「わかりました。どうか、皆さん。ご無事で戻ってきてくださいまし」

本物の涙で濡れた狐鬼の目がいつになく澄《す》んで見えた。

七

源時と花吉は狐鬼である治郎右衛門の尿が染みた葉を、両袖に入れて高明寺へと向かった。

山門《さんもん》の前に立った。

身につけている匂い消しは諸刃《もろは》の剣《つるぎ》なので、自分たちの匂いを消すだけではなく、相手の匂いも嗅ぎ当てることができない。

「何だか、音がしたようだぜ」

猿鬼と思われる声が聞こえた。

咄嗟《とっさ》に源時と花吉は履物を脱いで胸に抱いた。

猿鬼たちはこちらに向かって歩いてくる。

二人は向かいの廃寺に逃げ込んだ。

山門を出た猿鬼たちはきょろきょろとあたりを見回している。

「気のせいだったんじゃないのか?」

「どうやら、そのようだ」

ほっとした猿鬼たちは話を始めた。

「俺たちゃ、このところ、昼も夜も、トカゲ探しで疲れてるからな」

「しかし、よくもまあ、あんな気味も味も悪いものをむしゃむしゃと食えるもんだよ」

「客たちはみんな金持ちの鬼ばかりで、ちっぽけな時鳥鬼が、トカゲ食いの大化け物に変わるのが見れるんだから拍手喝采だ」

――どうやら、希朝はすっかり我を失っているようだ――

源時の心の呟きに、

――酷すぎる――

花吉がため息まじりに応えた。

猿鬼たちの話は続いた。

「今夜はさぞかし見応えのある見せ物になるだろうさ」

「それには、相手の狼鬼にも少しは気を吐いてもらわないと」

「痩せすぎだから、うんと生肉を食わせろと言われてるんだが、あいつときたら、丸ごと皮をひんむいた兎を、目の前にぶら下げても、食おうとしない。何かぶつぶつ唱《とな》えてる」

「あれ、人の坊主が唱える経じゃないのか？」

「ったく、おかしな狼鬼だな」

「親方の命令で、試しに痺《しび》れるような匂いと旨味があるという、極上の牛肉を食わせてみることになった。さっき、ももんじ屋に使いをやったよ」

――よかった、楽田さんはまだ大丈夫だ――

花吉はほっとしたが、

――極上の牛肉とは考えたものだ。果たして、兎を食べず、空腹なはずの楽田が、常《つね》の好物の牛肉まで退《しりぞ》けることができるかどうか――

源時は悲痛な物言いになった。

――もしかして、牛肉を食ったら、狼鬼も相手を斃すことしか考えなくなるのかな？――

――十中八九、そうなるだろう――

――そして、とうてい敵《かな》わない怪鳥鬼に引き裂かれて殺される。怪鳥鬼も死んでしまうんだよね――

――時鳥鬼から変わった怪鳥鬼は寿命が長い。悪党たちは希朝を怪鳥鬼にして、この手の舞台を続け、最強鬼たちを捕らえて闘わせるつもりだろう。希朝の歩いた後は死屍累々《ししるいるい》となってしまう――

――金のためにそこまで――。笑いや泣きの噺が得意な希朝がそんなの、喜ぶかよ――

――だから、何としてでも、これをやめさせなければならない――

二人は猿鬼たちが元来た境内《けいだい》を歩いて、本堂に戻るのを確かめてから、高明寺の裏手へと廻った。

裏手にあるアオキの垣根から中へと忍び入った。

墓地のはずだった敷地から、すでに、墓石と卒塔婆は一つ残らずかたずけられていて、はるか向こうに富士山を臨む一面の草地であった。

二人は草地の中ほどに立ってみた。

御影石《みかげいし》が使われている、雛段のような見物席が四方から草地を見下ろしている。

その時、突然、草地の端にある厨《くりや》の勝手口が開く気配がした。

――いかん――

四天王なのだと知らされてからというもの、源時の五感、特に聴く力は以前とは比べものにならないほど増している。

――隠れろ――

二人は急いで見物席の間に蹲《うずくま》った。

厨の勝手口から大小の鉄檻《てつおり》が運び出された。

「いいなあ、おまえたちは。好物をたらふく食わしてもらって、何もせずに寝て、たまにはこうやって外に出してもらって――。ま、こいつにずっと中に陣取られてちゃ、こっちは、トカゲの臭みでたまらねえけどな」

希朝が囚われている小さい鉄檻を一蹴りした若い猿鬼が、ふわーっと大きく欠伸《あくび》をした。

「何をしているんだ」

楽田の鉄檻の前にいた親分格の猿鬼が小言《こごと》を言った。

「すいません」

「いずれは、どでかい鳥になって客たちを唸らせるお宝様だ。愚痴《ぐち》を言う暇があったら、さっさとお召し上がりもののトカゲを探して来い」

「へい」

若い猿鬼がいなくなったところで、

「まあまあ、そう厳しい物言いをしなくても――」

初老の男が勝手口から出てきた。

──あ、あいつ──

憤《いきどお》りのあまり、声を出しそうになった花吉の口を源時は押さえた。

──そうだったのか──

茶の縞柄の代わりに、さらりと大島紬《おおしまつむぎ》を着こなしているその男は、何と、大黒屋の大番頭茂吉であった。

──あいつ、大枝垂れ柳の下の五郎太の骸に向けて、手を合わせてましたよね。おいらたちを騙してたんだ──

花吉は歯嚙《はが》みをし、

──奉公している店の前に骸を捨てて、小僧を番屋まで走らさせるとはたいした度胸だ──

源時は両拳を握りしめた。

「若い者は使いようですよ」

茂吉は五郎太を悼《いた》むふりをした時と変わらない、穏やかな口調でいる。

「年甲斐《としがい》もないことでした」

親分格の猿鬼は頭を垂れた。

──茂吉が親方、首領だな──

源時の呟きに、

――あ、あいつぅ――

心の中だけで花吉は唸《うな》った。

「ところでお宝様は何匹、トカゲを召し上がりましたか？」

「九十三匹までです。時間を決めて与えているので舞台に上げる前までに、あと六匹食べさせるようにします」

「トカゲは足りてるんでしょうね」

真綿《まわた》に包《くる》むような物言いに棘《とげ》が混じった。

「ええ、仰《おお》せの通り、ちょうど十匹残してありますが、百匹で変われないこともあると聞いておりますので、あと、七、八匹ほどは予備を探させているところです」

「トカゲにも大小があり、時鳥鬼の大きさも気質もさまざまですから、舞台までに、できるだけ沢山、トカゲを用意しておいてください。百匹というのはあくまで目安ですよ」

「わかりました」

猿鬼の親分格はかしこまって辞儀《じぎ》をした。

「さてね、狼鬼さん、楽田さんとやら――」

茂吉は楽田が入れられている鉄檻の前に立つと、

「あなたのことをちょいと調べさせたところ、好物は兎ではなく、極上の牛肉だそうですね。いやはや、お見それしましたよ。極上の牛肉を手配しましたから、それを召し上がって、今夜は存分に闘ってください。あなただって、狼鬼のはしくれですから、手も足も出せずに、怪鳥鬼に引き裂かれてしまうのでは、意地が許さないはずです。ずたずたにされる前に、たとえ、一噛み、一撃たりとも報《むく》いてほしいものですよ」

ははははと心から楽しそうに笑った。

するとそこへ、

「灘《なだ》の新酒のことで――」

料理番と思われる、前垂れを付けた猿鬼が勝手口から出てきた。

「集まっただろうな？」

親分格が声を荒げたのは、上方から船で運ばれてくる上等な新酒は、冬を過ぎると、入手するのがむずかしくなるからであった。

「はい、何とか、人数分は――」

料理番はおどおどと応えた。

「それはよかった。今夜のお客様たちにとって、流れる血や引き裂かれる肉で肴《さかな》は充分なのだが、酒だけは上物《じようもの》が要る。上物でないと困る」

茂吉は口元を綻《ほころ》ばせたが目は笑っていない。

「その酒、今、ここで、お頭《かしら》に味見をなさっていただいてよいのだな」

親分格の厳しい口調に、

「そ、それは――」

料理番がぶるぶると震えはじめたところで、

「まずはわたしに飲ませてください。いや何、酒肴《しゆこう》あっての酒とも言えますから、混ぜもののない、新酒でさえあれば結構。首尾よく時鳥鬼が怪鳥鬼に変わって、お客様たちが楽しめればそれでよろしい」

茂吉は目だけ細めてまた笑うと、

「楽田様、どうか、しばらく、檻の中から、春の青空を堪能《たんのう》なさいませな。あなた様には間違いなく、これが見納めです」

楽田に話しかけた。

親分格の猿鬼の方は、

「それじゃ、こっちは今夜の前祝いの一杯と行きましょうや」

手下に命じて、トカゲを集めた籠を持って来させると、

「ほうら、ご馳走だよ。美味《うま》いはずだよ。強い怪鳥鬼になっておくれ」

一匹のトカゲの尻尾を掴むと、鉄檻の鉄棒の隙間から投げ入れ、厨に戻っていった。

——今だよ、おいらが見てくる。ちょっとした錠前《じょうまえ》なら、おいら、指を針金代わりにして開けられるから——

花吉が大小の檻に向かって飛び出した。

もしもの時のことを考えて、源時は隠れたままでいる。

ほどなく戻ってきた花吉の心の声は震えていた。

——た、大変なことになってます——

希朝と楽田の様子を話し始めた。

八

——檻の錠前は開けられなかった——

——針金なんかじゃ、びくともしない頑丈な錠前だった。檻を持ち上げようともしてみたけど、小さい方のでも、おいら一人じゃ無理だった。旦那と一緒でもまあ無理だと思う。旦那は四天王だけど、怪力の熊鬼《くまおに》なんかじゃない、人ですからね——

すぐの救出を諦めた源時は、

——希朝はすっかりトカゲ食いの虜《とりこ》になっていたか？——

二人の様子を聞かずにはいられなかった。

——うん。放り込まれる生《なま》のトカゲを手づかみで頭からするっと——。おいら、トカゲの尻尾が希朝の口の中に吸い込まれるの見てて、気分が悪くなった——

——楽田は経を唱えている？——

——うん。おいらが近づいて話しかけても止めなくて。楽田さん、えらく弱ってるように見えたよ。あの様子じゃ、水も飲んでないんじゃないかね？——

——他に気がついたことは？——

——トカゲ食いの様子があんまり凄かったもんだから、あんなもんをあんな風に食べちゃう希朝なら、おいらのことなんかも舌でぺろりかななんて思ったりして、希朝と目を合わせないようにしてた——

まだ震えている花吉は正直だった。
ちなみに時鳥鬼の本家本元の時鳥は虫を常食にしている。
――今度は俺が行く――
源時は二人が囚われている場所へと走った。
――助けに来たぞ――
檻の中で背を丸めて横たわり、南無阿弥陀仏《なむあみだぶつ》を唱えている楽田に話しかけた。
――来てくれると思っていた。南無阿弥陀仏、南無阿弥陀仏――
――よかった、正気だな――
――希朝も半分は正気だ――
源時は希朝の方を見た。
檻からは生臭い匂いが漂ってきている。
希朝の姿は完全に時鳥鬼と化している。
――希朝――
呼びかけると、産毛に覆われたその顔が苦悶《くもん》に歪《ゆが》んだ。
南無阿弥陀仏、南無阿弥陀仏と楽田の経は続き、希朝の目から涙がこぼれ落ちている。

――希朝はすまない、すまないとトカゲに謝りながら、トカゲを食い続けているんだ――

楽田の目にも光るものがあった。

――半分正気なのはあんたの経のおかげなのだな――

――俺が捕まって、はじめて見た檻の中の希朝の目は虚ろで乾いていた。だから、俺の経に多少の効き目はあるのかもしれない。そんなことより、今はそう信じて続けるしかないのだ、南無阿弥陀仏――

――あんたは大丈夫か？　奴らは舞台作りのために、極上の牛肉をあんたに用意するつもりらしいが――

――俺のことは心配するな、南無阿弥陀仏――

――わかった、必ず助ける――

――この囚われの身では、助かる機会は舞台の上だけだろうと観念している。勝算のほとんどない、一か八かの勝負だ。南無阿弥陀仏――

――どんな勝負でも必ず勝つ。そして二人とも助ける。信じてくれ――

楽田は応える代わりに南無阿弥陀仏、南無阿弥陀仏と唱え続けた。

この後、源時と花吉はアオキの垣根から寺の外に出て、向かいの寺へと移り、日が暮れるのを待った。

暮れ六ツの鐘と共に、高明寺の裏手から松明《たいまつ》が赤々と燃え上がった。

――いよいよ、始まったね――

――行こう――

二人は再び高明寺へと垣根を越えた。

何百と点《とも》されている松明のせいで、草地と見物席は昼間に近い明るさである。

「さあさあ、皆様方、お楽しみの時がまいりました。この泰平《たいへい》で退屈な御時世を吹き飛ばす、正真正銘の死闘をご覧いただきます。今宵《こよい》こそ、鬼に生まれて財を築いて来《こ》られたことを得心《とくしん》なさるはずでございます」

紋付《もんつ》き袴《はかま》姿の茂吉が得々と挨拶を済ませた。

ひときわ大きな松明を掲げる猿鬼たちに囲まれて、希朝と楽田が引き出されてきた。

二人とも手足を重い鉄の鎖で繋がれている。

「今宵は、酒呑童子を祖と仰《あお》ぎ、獣鬼の長《おさ》と恐れられる狼鬼に、ちっぽけな時鳥鬼が闘いを挑みます」

茂吉の紹介に、

「何だそれは？　狼鬼と時鳥鬼とでは勝負にならんぞ」

「大枚の金を払わされたのは騙《かた》りか？」

「馬鹿にするな」

「いい加減にしろ」

ざわついた鬼面の客たちが、あちこちから文句を投げつけると、

「どうか、この勝負を最後までごらんになってください。それでも、つまらないとおっしゃる向きには、お代はそっくりお返しいたします。嘘は申しません」

茂吉は言い切り、それならいいだろうという呟きが洩れて、見物客は固唾《かたず》を呑《の》んで勝負の始まるのを待った。

猿鬼たちは、希朝と楽田の手足の鎖を外して向かい合わせた。

「さあさ、狼鬼様は戦国の武将のように雄々しいお支度を」

茂吉が恭《うやうや》しく、金糸で縫い取られた陣羽織を、立ったまま、口が両耳まで裂けた狼鬼の顔でいる楽田に着せかけた。

「殿は出陣を前に、たっぷりと好物の旨肉を召し上がっておられます」

――もしや、楽田は極上の牛肉を食べてしまったのか？　――

源時はどきりとした。

「この俺様にこんな小物と闘えと言うのか？」

楽田が怒りをこめて吠えると、客席からそうだ、そうだという同調が沸《わ》いた。

──このままでは──

源時は握りしめている両拳の中が汗まみれである。

「心配ご無用」

茂吉は満面の笑みで、猿鬼が差し出すトカゲを丸呑みしている希朝の方を見た。

「この時鳥鬼は並ではありません。トカゲ食いの総仕上げに何かが起きるか、皆様、とくとご覧ください。あと、三匹です。あと三匹のトカゲ食いで、百匹。これは、見たことも聞いたこともない見せ物なのです」

猿鬼の持っている笊《ざる》の中のトカゲが一匹になった。

──まずい──

「待ってくれ」

客席近くの木陰に隠れていた源時は、大声を張り上げた。一緒にいた花吉はすっと源時から離れて、傍《かたわ》らの銀杏《いちょう》の木の後ろへと移った。

「何だ？」

早速、十人近い猿鬼たちに取り囲まれた。

「し、四天王」

一瞬、猿鬼たちの目に怯えが走った。

「大黒屋の時はよくも、一杯くわしてくれたな」

源時は茂吉を見据えた。

「ほう、八丁堀のあなたが四天王だったとは、これは驚きです。鬼たちが死ぬほど恐れている相手だとは聞いていましたが、まさか、こうして遭えるとは思っていませんでした」

相手はしごく落ち着いていて、悲鳴を上げて席を立とうとする客たちに向かって、

「ここは鬼ばかりで四天王は一人、多勢に無勢では、如何《いか》に四天王が強くても勝つことなどできません。皆さん、まずは、四天王がどうして、ここへ現れたのか、訊いてみようではありませんか?」

諭《さと》すように言って止まらせた。

「わたしも面白い勝負に加わりたくなった。同心の扶持《ふち》は乏《とぼ》しく、稼ぎも欲しい」

源時はすかさず応えた。

「なるほど、四天王まで加わっての命知らずの闘いともなれば、これはまた一興かもしれませんですな、ねえ、皆さん」

茂吉の呼びかけに拍手が鳴った。

源時は猿鬼から身体の両側を摑まれて、舞台である草地の中ほどに引き出された。

「渡辺様とおっしゃいましたね。狼鬼と時鳥鬼、いったい、どちらに加勢なさいます?」

茂吉が訊いた。

「弱い者を勝たせるのでなければ、銭をはずんではくれまい」

源時は希朝の方を見た。

——トカゲ食う腹を押そうか時鳥、これに賭けてみるしかない——

巻物の一文が繰り返し頭の中を駆け巡っている。

「なるほど」

茂吉はにやりと笑って、

「結構です。それではあなたは狼鬼の方に加勢してください」

すると、またしても、客席がざわつき、

「ご不満の向きには、お代はお返しいたしますと申し上げましたでしょうが」

茂吉は笑顔を消し、これ以上はないと思われる凄みのある目になった。

「よし、やれ」

命じられた猿鬼が、最後の一匹を希朝の口元へ持って行こうとした時のことである。

身体を弓なりに反《そ》らした楽田が生の牛肉の真っ赤な塊を吐き出した。

「南無阿弥陀仏、南無阿弥陀仏」

一心に経を唱え続ける。

希朝は口元のトカゲをじっと見つめながら、目から涙を落としている。

「止めさせろ」

茂吉が金切り声を上げた。

猿鬼たち数人が楽田に飛びかかって、経を唱える口に手拭いを噛ませたのと、源時が希朝のそばに走り寄ったのとは、ほとんど同時であった。

——トカゲ食う腹を押そうか時鳥——

源時は押し倒した希朝の膨れた腹部を懸命に押し続けた。

「ううう、はーっ、うわーっ」

希朝が呻き声を上げた。

顔全体が裂けた口になり、次から次へと、生きたままのトカゲが黒い煙のように飛び出し、草の陰へと逃げ去っていく。

——旦那、危ないっ——

花吉の声が聞こえた。

だが、時すでに遅く、鉄砲《てっぽう》を手にした茂吉が、

「八丁堀は生かしておけない」

振り返った源時に狙いを定めた。

ズドーン。

右脇腹に灼《や》けるような痛みを感じた源時は、失神している希朝の身体の上に折り重なっていた。

「御用だ」

「御用だ」

——ああ、狐鬼の治郎右衛門は約束を守ってくれたのだな——

源時の意識が急速に遠のいていく。

最後に、猿鬼たちを払いのけ、茂吉に飛びかかって鉄砲を取り上げた楽田と、

花吉の泣き顔が見えた。

「旦那ぁ――」

九

鉄砲玉が貫通した源時の右脇腹の傷は、急所は外《はず》れていて、稀世の手で縫い合わされ、止血《しけつ》には成功した。しかし、高熱が出て、予断を許さない状態が続いた。

楽田は自慢のチョウセンニンジンを煎じ、花吉はより冷たい井戸水を求めて市中を歩き、鬼だというのに、目に入った寺といわず、稲荷、地蔵までにも手を合わせ、源時の快復を祈った。生家の海老屋では祈祷師を呼び、小僧に至るまで全員が一心に祈った。

その間、稀世は片時も源時の枕元を離れず、楽田と花吉が交替を申し出ても、

「お気持ちだけで。うちの人の大事ですから」

枕元を決して離れようとはしなかった。

「ならば、せめて――」

二人は煮炊《にた》きを引き受けて、看病が過ぎて稀世まで弱ってしまわないように、

にぎり飯や汁の類《たぐい》を作って勧めたが、

「わたしは結構です。いずれ、うちの人が食べられるようになったら、一緒にいただきます」

頑《がん》として水一杯、口にしようとしなかった。

そんな一途《いちず》な稀世と瀕死《ひんし》の源時を見守りながら、楽田と花吉は交替で仮眠を取っていたが、三日目に入って、

「何か、いい香りがするが眠くなってきた」

うっかり、起きていなければならない花吉まで眠り込んでしまった。

この時、源時は夢の中にいた。

稀世の手が自分の手に重ねられている。

――あなた、生きてください、わたしを置いて死なないでください、お願いです――

稀世の心が繰り返し語りかけてきている。

――俺は死なない、死ぬものか――

そう応えたとたん、稀世の手の甲から、あろうことか、緑の芽が出てきた。

芽から双葉《ふたば》に、双葉から本葉《ほんば》になり、するすると茎が伸びて蕾《つぼみ》がついて、ぽー

んと大きな音がして、純白の大輪の花が咲いた。

蓮《はす》の花に似ている。

けれども、蓮はこれほどは香るまいと思われる。

嗅いだことのない、えも言われぬ甘い芳香《ほうこう》がその花から、いや、稀世の全身から立ち上っている。

匂いはさらに強くなった。

花を咲かせている稀世の手が動いて、源時の額の上でかざされた。

額の上にぽたりと花の蜜が落ちた。

すると、どうしたことか、源時の熱が引いてきた。気分もよくなってくる。傷の痛みもそれほどではなくなった。

「稀世」

「あなた」

目覚めた源時の手に稀世は自分の手を重ねた。

その手には、もう花は咲いていない。

ただし、濃厚な匂いだけは、まだあたりに充満していて、楽田と花吉は眠り込んだままでいる。

「うちの人が、うちの人が――」

稀世が叫んで二人はやっと目を覚ました。

「源時」

「旦那っ」

「よかった、よかった」

「おいら、信じてましたよ」

二人は涙で顔をぐしゃぐしゃにして喜んだ。

こうして源時は九死に一生を得た。


高明寺での捕り物は、破格《はかく》な見物料が目的で、罪なき者たちを拉致《らち》し、殺し合いの見世物をさせていた悪行と見なされた。

縛《ばく》についた茂吉は、上方での悪行まで白状させられた際、拉致したのも、殺し合いをさせたのも鬼にすぎず、人ではないのだから、御定法《ごじょうほう》には触れないと居直った。

だが、筆頭同心は事なかれ主義の猪鬼《いのししおに》であり、罪を逃れたい一心の世迷《よま》い言《ごと》と一笑に付し、奉行は即刻極刑《きょっけい》を命じた。

よろずお役立ち屋の主や手下たちも捕らえられた。

屈強な若者の五郎太に食を断たせて力を弱らせ、恋の恨みに取り憑かれていた非力な良吉と闘わせ、良吉が勝つ逆転死闘劇の手伝いをした事実を認めた。

また、大黒屋の小僧又一は、良吉とはお絹同様、幼馴染みであり、恋の悩みを知って相談に乗り、その話を茂吉に洩らしてしまったことを悔いていた。

親切ごかしの茂吉の助言に従って、良吉をよろずお役立ち屋に会わせてしまったからである。

ただし、これらは奉行所の調べ書きに書き留められたにすぎなかった。

残虐非道な見せ物に集まった客たちの名については、奉行所と懇意の治郎右衛門が動いた。

この抜け目ない狐鬼は、客たちそれぞれにたっぷりと袖の下を差し出させ、そのうちの幾らかは口利き料として、自分の懐に入れた。

それで、とうとう、調べ書きには一人も記されずじまいになったのである。

「ったく、こんなことまで商いにするとは恥を知らない奴だ」

楽田は憤慨したが、

「へへへ、これぞ、持ちつ持たれつ、世のため、人のため、ほんとのよろずお役立ち屋ですよ」

治郎左右衛門はぺろりと赤い舌を出した。

「それなら、多少は人のためになってもらいたいものだ」

源時は治郎右衛門に耳打ちして、五郎太、良吉の墓を作って供養したいというお絹の話をした。

「どうだ？　供養の手助けをするというのは？」

「ええ、まあ、旦那がおっしゃるなら、嫌とは言えませんけどね――」

治郎右衛門は浮かぬ顔になったが、渋々財布から二両取り出して渡してきた。


トカゲを吐き出して失神した希朝は、気がついた時には、拉致されてからの記憶をすべて失っていた。

覚えていたのは治郎右衛門と交わした約束だけで、

「何でそんな約束をしたのかまでは覚えていないんですが、とにかく、永元堂さんと贔屓のお客様方に、腹の底から笑える狐の噺を聴いていただかなければなりません」

新しい狐噺を創り上げて、いつものように高座に上り屏風の陰に隠れた。

これには吉平衛のはからいで、源時や楽田だけではなく花吉も招かれた。

「お三方《さんかた》とも希朝のために命を賭けてくださった。ありがたいことです。覚えていない希朝に代わって、深く御礼申し上げます」

吉平衛の目には感謝の涙が光っていた。

希朝の新作は〝狐の化け道具〟という演題であった。

これはいたずら好きな和尚と間抜けな狐の話だった。


和尚が自分は人だが、化けることができるのだと狐を騙《だま》して、被っていた頭巾《ずきん》と狐の化け道具を交換する。

和尚は狐の化け道具を使い、綺麗な女に化けて、悟りを開き、仏の境地に近づいたと公言している大僧正《だいそうじょう》を迎える。

ところが、その大僧正は相手が綺麗な女とあって、好色で大食いの本性を丸出しにする。

和尚がお腹の中で笑いころげていると、いつのまにか、綺麗な女ではなくなってしまっていて、大僧正の逆鱗《げきりん》に触れ、寺を追い出されてしまう。

一方、狐の方は頭巾を頭にのせて、綺麗な女に化けたつもりが、狐の姿のままなので、誰一人、声を掛けてくる男はいなかった――。


希朝の語り口は弾《はず》むように軽妙《けいみょう》で、笑いに次ぐ笑いが渦になった。

「今まで、これほど明るく楽しい狐噺を聴いたことがなかった」

噺を聴き終えた源時がふと洩らすと、

「何も覚えてないのがよかったんだな」

楽田は感慨深く、

「おいら、あんまり好きじゃなかった狐が好きになりそうで、ちょっと困る」

花吉は鼻の間に皺を寄せた。

「この噺、いいでしょう？　いいでしょう？　最高ですよね、もう最高」

治郎右衛門は客席を回りながらはしゃぎまわった。


すっかり傷の癒《い》えた源時は、やはり気になって神社のお堂の羽目板《はめいた》を外した。

――もしや、花と関わった鬼が世にいるのでは？　――

あの時の強烈な芳香と、花の蜜が額に落ちた時の感触には、夢の中の出来事だったとは思いがたいものがあった。

花鬼《はなおに》の記述などなければいいと念じながら、巻物を広げていく。

花鬼では見当たらなかったが、華鬼《はなおに》について書かれた箇所はあった。


華鬼は稀少中の稀少で、奇跡の鬼とも称される。

これを見つけ、常にそばにおけば長寿が叶《かな》うとされている。

その理由は、華鬼が咲かせる花の蜜が万病を癒すとされているからである。

そのせいで、ひとたび華鬼とわかると、長寿を願う強力な鬼たちに攫われることが多く、血脈は途絶えかけている。

この癒しの花が咲く前には、誰しもが夢うつつとなり、時に眠り込んでしまう芳香が必ず醸《かも》し出される。

華鬼は癒しのために、手の甲に花を咲かせるだけで、人の姿から変わることはないので、四天王の眼力をもってしても看破することはできない。

また、手の甲に花を咲かせることも極めて稀《まれ》である。

華鬼が絶滅に近づいているのは、攫って、どんなに強制して脅しても、華鬼が花を咲かせず、蜜を垂らさず、結果、殺されてしまうことが多いからだと聞いている。

華鬼が癒し花を開花させる理由は未だに不明である。

ただし、一件だけ参考になる話がある。

行き倒れの旅人の片割れの若い女が華鬼で、夫と見受けられる男のために花の蜜で命を救い、自身は果てたという。

華鬼は相手への愛の成就《じょうじゅ》のために、開花させるのではないか？

ともあれ、華鬼は美しく気高い鬼である。

最後まで読んだ源時は、

――稀世は華鬼なのかもしれない。しかし、今までその顔は見えなかったし、今も元気だ。でも、あの時のことは腑に落ちない――

しばらく、自問自答していたが、

――よしんば、稀世が鬼であったとしても構わない。俺だけの鬼、源時鬼《げんときおに》だ。俺は稀世を、稀世は俺を愛しく思っているのだから、それだけで十分だ。鬼とか人とか関係ない――

「稀世」

妻への感謝と愛で胸がいっぱいになった。

――もしや、我が身を呈《てい》して、俺を救ってくれた稀世の身体が弱ってしまっているのでは？――

源時は巻物にあった夫を救って、自らは果てたという華鬼の話が思い出された。

――そうだ――

源時は鰻屋《うなぎや》へ走った。

役宅に戻ると、朝顔《あさがお》と夏草を模した麻《あさ》の着物が衣桁《いこう》に掛けられているのが目に入った。

「これは？」

源時は出迎えた稀世に訊いた。

「お義母《かあ》様からの頂きものです。海老屋の手代《てだい》さんが届けてくれました。あなたの介抱をしたご褒美《ほうび》だそうです。女房として当たり前のことをしただけですのに――。でも、何だか、わたし、うれしくって――」

稀世は片袖を目に当てた。

源時の母の六江が稀世に何か寄越《よこ》したことはまだ一度もなかった。

「おまえのおかげで、俺もこうして生きてることができるのだから当たり前だよ。

おっかさんもさぞかし感謝しているはずだ」

　そう言って、源時は蒲焼きの入った包みを差し出した。

「これは俺からの感謝」

「あら、まあ、いい匂い、鰻ですね」

「好物だったろう?」

「はい」

　稀世は、はしゃいだ声を出して厨へと走った。

　後を追いかけながら、源時はしみじみ幸せだと感じた。

　この先、どんなことが起ころうとも、この幸せだけは守り通したい――。

【初出】

第一話「鬼が見える」：『大江戸「町」物語 風』（二〇一四年三月 宝島社文庫刊）

第二話「鬼の声」／第三話「鬼の饗宴」／第四話「鬼が匂う」は書き下ろしです。

この作品は史実を織り込んでいますが、あくまでフィクションです。もし同一の名称があった場合も、実在する人物、団体等とは一切関係ありません。

宝島社
文庫

鬼の大江戸ふしぎ帖 鬼が見える
（おにのおおえどふしぎちょう おにがみえる）

2015年8月20日　第1刷発行

著　者　和田はつ子
発行人　蓮見清一
発行所　株式会社 宝島社
〒102-8388　東京都千代田区一番町25番地
電話：営業 03(3234)4621／編集 03(3239)0599
http://tkj.jp
振替：00170-1-170829（株）宝島社
印刷・製本　中央精版印刷株式会社

ISBN 978-4-8002-4448-2

『この時代小説がすごい!』太鼓判

招《お》き鳥《とり》同心

詠《よみ》月《つき》兼四郎

藤村《ふじむら》与一郎《よいちろう》

犯罪を無理やり引き起こす禁じ手、
招き鳥同心の暗躍を描く!

イラスト/室谷雅子

「招き鳥」とは「囮《おとり》」の語源。悪人を教唆、扇動し、凶行に至らせる——。嫁の治療費を稼ぐため、囮捜査で無理やり犯罪を起こす「招き鳥同心」を引き受けた別派心影流の使い手、詠月兼四郎。剣呑もかえりみず、あえて火中の栗を拾う男を描いた書き下ろし小説!

宝島社文庫

定価: 本体660円 +税

宝島社　お求めは書店、インターネットで。